后浪 电影学院 042

The Moral Premise

口碑与票房

卖座故事的道德前提

[美] 斯坦利·D. 威廉斯　著

何珊珊　译

by Stanley D. Williams

四川文艺出版社

推荐语

这本书是我的工具箱里最有力的一项工具。

——威尔·史密斯，演员

代表作《当幸福来敲门》《震荡效应》《重返地球》

我们的工作是一种崇高的追求，作为讲故事的人我们有很大的权力，所以很高兴可以明智地使用这种权力。我们所有人，来自不同的背景，都证明了人类不可改变的法则，我们的工作便是推广这种法的意义。它们来自上帝，我们只是信息的传播者，这就是为什么灵感可以被调谐。谢谢你带来的感动，也谢谢你的好书。我会把它推荐给我所有的学生！

——布莱克·斯奈德，《救猫咪》作者

《口碑与票房》一书具有深刻的洞察力，观点发人深省，并且新颖独到。我一直希望有人能够写出这样的著作，而斯坦利做到了。我们需要这样实用的作品，以一种全新的方式了解编剧创作的艺术和技巧。

——埃德·所罗门，编剧、导演

代表作《乞赎的灵魂》《黑衣人》《比尔和泰德历险记》

非常棒的一部著作！斯坦利·威廉斯为编剧书写了一部全新的圣经。每一个好莱坞编剧，或者初级入门者，都应该阅读这本书，并深入研究它的内容。其中的每一个细节都能帮助你开阔思路，原因与结果、行为与动机、夏娃手中的禁果与人类的原罪，在广阔的叙事体系中永远有这些恒久不变的基本元素。

——布赖恩·伯德，编剧、制片人
代表作《逮捕》《圣诞好疯狂》《天使在人间》

道德前提——主题、精神主线、主控思想、潜藏的普遍真理、贯穿始终的情感脉络、信息图景——包含了如此丰富的内容，你将会如何定义它！所有成功有效的电影作品都拥有道德前提。威廉斯帮助所有的电影编剧以及批评理论家们理解了故事的核心真谛。这本书，给出了一系列强有力的论述：理论曲线、图解例证以及实践建议，对于编剧、电影制作人员甚至是电影批评家而言，都是极为重要的。

——罗伯特·约翰斯顿，富勒神学院博士

对于坚持不懈进行创作的编剧来说，这是一个非常具有讨论意义和研究意义的工具，它能为你提供充足的燃料！斯坦利·威廉斯将电影票房的成功与持久的人类美德结合在一起。《口碑与票房》提供了一个颇有指导意义的方法，让编剧们能够从容不迫地从电影的第一幕淡入工作到最终的结束画面。

——克雷格·德特韦勒，编剧
《矩阵的意义》作者，拜欧拉大学影视广播学院教授

《口碑与票房》恰到好处地解释了为什么那些最出众的故事，通常都表现得比故事讲述者更加智慧与高贵。我非常相信斯坦利·威廉斯如此专业描述下的现象，能够告诉我们关于人类自身的最真实的哲理。

——克里斯托弗·赖利，编剧，《好莱坞标准》作者

这本书太棒了！《口碑与票房》做到了许多大学、研究院的电影教育都没有做到的事情：它将"一部电影如何获取成功"简明扼要的提炼出

来，形成了一个可操作的理论，用来指引电影中每一幕场景的发展。我曾经阅读过大量的主流剧本，而他们的操作方式都是立足于一个固有的道德前提之下的。多么希望当我还在电影学校学习的时候，就能够遇到这本书，这将为我节省下大量的时间。为何曾经在编织某个故事场景时痛苦万分地做了诸多无用功，因为实际上它们根本就缺乏一个道德前提。

——吉姆·罗索，《惊狂好莱坞》编剧

斯坦利·威廉斯的理论正中要害——得到广泛关注的电影作品均拥有一个道德核心。我无比希望有更多的编剧能够尽快地掌握并学习到这一点。《口碑与票房》这本书要是能够早一点问世该有多好！

——乔纳森·博克，格雷斯·希尔传媒公司总裁

无论是何种媒介形式，对于所有研究故事讲述的教师和学生来说，《口碑与票房》都是一份享礼。它指引着当代编剧们进入故事讲述的历史与叙事理论中。更重要的是，它集中阐释了一个有效的前提对于故事创作的重要性，并且同时描述了这个前提如何出现并作用于故事主线、人物的行动轨迹甚至每一个场景与动作中。

——杰垚·拜厄斯，博士，《所有好莱坞允许的事情》作者
美国韦恩州立大学媒体艺术研究院主任

对于银幕或者舞台写作而言都非常有帮助。这本书拥有翔实的案例和充分的研究。斯坦利·威廉斯利用显著、简洁，但又同时发人深省的概念，论述了"道德前提"应该如何作为一个故事能够引发共鸣的核心要素。这一点应当成为每一个故事讲述者都必须具备的常识，而我也打算在今后讲述戏剧写作和银幕写作的课程中运用这个理论。

——保罗·巴顿，博士
美国斯普林爱伯大学传播与戏剧学院助理教授

对于银幕写作和小说写作来说，这都是一个非常值得一读的有趣观点，并且也是对于故事架构的伟大宏观概括。

——霍华德·卡赞吉安，制片人

代表作《星球大战：绝地归来》《夺宝奇兵》

在《口碑与票房》一书中，威廉斯博士对戏剧内容做了杰出的贡献，正如悉德·菲尔德为戏剧结构所做的那样。书中的"前提"非常简洁的阐释了在每一部成功的电影作品身后，都掩藏着一个规律公式。对于那些总是声称"可预见的热门"是矛盾的人来说，此书充分证明了他们的错误。《口碑与票房》甚至可以被看作是编剧写作的"圣杯"，为了破解编剧写作的密码，我强烈建议大家阅读这本书。今天所有想要在未来成为电影人的各位，《口碑与票房》将会成为你们身边意义重大的教材！

——道格拉斯·舒尔策，MPI 电影学院创始人，导演

代表作《黑色农场》《黑暗天空》《地狱大师》

如果你读过这本书，你将再也不会用以往的方式看电影。你不仅会更加赞赏并认同优秀的电影，更加难以忍受肤浅的电影，而且还能够从细节上分辨出这两者的差距。

——卡里·安·摩根，*Microfilmmaker* 杂志

（www.microfilmmakermagazine.com）

斯坦利·威廉斯完成了一项非常杰出的工作，他为我们指引了一条捷径，从"思考自己的剧本在描述什么"走向"掌握剧本真实意图的核心"。对于每一位编剧来说，这都是一本必不可少的书籍。

——马修·特里，编剧、教师

www.hollywoodlitsales.com 网站专栏作家

别让"博士"的头衔束缚了你。威廉斯对戏剧写作的经典和当代理论做出了一个易于接受、适于操作且功能性极强的概括。那些迫切的想要呈现出人类极限的电影编剧们，一定会欣赏威廉斯对于在道德以及商业层面都获得成功的电影的分析。这正是在"9·11"事件以后，我们的社会急需的东西。对于电影人来说，无异于是一次莫大的激励，能够让我们受到深刻的启发，凭借积聚美好与善良的事物，来触及一个全球化市场的灵魂与核心。

——凯瑟琳·克林奇，*Creative Screenwriting* 杂志联合发行人

每一个人都出自本能地想要让生命变得更加有意义。我们迫切地想要通过他人积极正面的榜样，来引导我们到达更好的生活状态。他们的奋斗激励着我们去实现自己最终的愿望。斯坦利的《口碑与票房》引导我们开始思索提高自己的原则，并且意识到对于美德的追逐，不仅能够带来希望，还能让我们的生命变得充实。

——吉姆·利希特曼，伦理学专家，《你的立场是什么？》作者

《口碑与票房》对所有媒介形式下的故事讲述人来说都具备深刻的启发意义，是一部具有强大说服力的学术著作，帮助我们更好的理解具有广泛影响力的故事讲述手法，同时对于教师和学生来说，也是一座充满了创作材料的宝库。

——弗雷德·G.索恩，作家、制片人、导演、教授
广播教育协会协作部门主席

极具洞察力，清晰明确，简明精练，并且具备翔实充分的例证。《口碑与票房》一书分析了成功的银幕剧作的结构组成，并且告诉所有的读者如何自己上手。仔细阅读这本书，在它的帮助之下，克服恐惧，燃起希望，然后开始尔自己的写作之旅。

——鲍勃·博诺，贺曼频道副总经理及项目设计

推荐序

我们身处在一个信仰堪忧的时代，每个人似乎都早已遗失了道德的罗盘，但庆幸的是还有人重新找到了它。一直以来，我都在课堂中，在好莱坞的故事筹备会上大声疾呼："我们迫切需要好故事，这些故事不仅能够给观众带来娱乐，同时也要包涵深刻的道德准则和生命的伦理指引，为一个更加健全而明智的社会开出救世良方。"此时，"道德前提"勇敢地站了出来，它证明了电影并非是仅供消遣，匆匆而过的爆米花食品，而应该在现实中喻示着某些东西。它将我们带回到了最初的时刻，让我们看到电影在生命里扮演的重要角色。如果你想创作电影，如果你想为自己的作品赋予更深刻的意义，请一定阅读这本书！

——克里斯托弗·沃格勒（Christopher Vogler）
《作家之旅》（*The Writer's Journey*）作者

自　序

　　这是一本关于"道德前提"的书，论述了"道德前提"如何在成功①的电影作品中发挥作用。此时此刻，若你也是万千电影创作者中的一员，那么这本书也将告诉你，如何运用道德前提构建一部伟大而成功的剧情片。

　　这本书的核心聚焦于故事的叙事结构。通常大家可能会认为，成功地构建一个好故事不过只是电影编剧的工作，然而实际上，故事的构建同样也是导演以及其他电影人的分内事。或许在我们的有生之年，"导演作者论（director as auteur）"这个概念会始终存在，但那些最为出色的导演们，都会清楚地明白电影其实是一门高度协同、合作完成的艺术，导演需要和整个团队共同工作，包括编剧、制片人、经纪人、演员、摄影指导、项目策划、美术指导、作曲配乐以及发行方等等。尽管在书里，我的论述对象偶尔会特指电影编剧，但这本书实际上是写给所有电影创作者的——无论你们此时此刻顶着怎样的头衔。

　　此外，这本书所探讨的内容也不局限于剧情片。"道德前提"是所有成功的故事与生俱来的一部分，它已经被无数的学者研究并论证。口头的故事、书上的故事、舞台中的故事、荧屏里的故事甚至网络上的故事……一直到今天，无论道德前提以怎样的形式出现，它依然是所有故事的基本要素。而现在，为了保证本书的通俗易懂，我的论述会聚焦于电影中的故事。

　　若你身为编剧，你有能力决定你创造的人物应该做什么，即将做什么，不会做什么或者不能做什么……当你将一个真实的道德前提渗透进你的故事核心中时，你便可以创造出一个丰富多彩的、感人至深的人物形

---

① 在本书中，与电影的预算、发行以及市场费用相比较时，"成功"及它的同意相近词汇通常都指代的是电影的国内票房收益。如果想脱离票房谈电影故事，可能还需要读者自行寻找其他的研究手段了。

象。这将有效地节省你的创作时间，避免你误入歧途。

若你身为制片人，一旦你理解了道德前提如何能作用于故事中的每一个元素，你便可以更好地说服影片的投资商、导演、演员经纪人、摄制部门负责人、剪辑师以及发行方等等。如此你便能够准确地掌控拍摄进度，甚至节省预算。

若你身为导演，清楚地认识到故事中真实的道德前提，可以支撑你想表达的观点。你可以借此来激励演员以及整个摄制部门，指导他们如何更好地通过肢体和情绪吸引观众，从而节省出许多在制订计划、调整部署上被浪费的时间。

若你身为演员，道德前提将会深刻地影响到你扮演的角色的人物轨迹。只有对这一过程进行周密的考量，你才能从你自身的动机出发，由内而外地塑造人物，完成令人印象深刻的表演。

若你身为某个摄制部门的负责人，形象化的理解故事真正的道德前提能够帮助你更好地掌控工作，并且尽可能地运用富有创造性的手段来扩展故事内涵。同时也能激励所有的演员和剧组团队，将整个故事规划到一条整齐统一的基准线上，继而感染观众。

正是这样的一群电影创作者，共同的孕育着电影，赋予其生命，所以当他们都清楚地了解了电影的真实意图时，他们所做出的每一个决定都会更加的专注、简洁和明确，并令人兴奋不已。而这一切，将携手把电影推上票房成功的宝座——这就是这本书将要阐述的内容，以及能为你提供的指引。

此前，尽管已经有过不少作者在他们讲述如何进行剧本写作的著述中，肯定了道德前提的中心地位及其重要性，但依然存在着不足之处，需要借由本书作为补充。首先，针对此前的理论系统中使用的词汇，有必要进行定义上的区分，并加以巩固；其次，在成功的电影作品中，道德前提无处不在，所以有必要对这种联系做出便于理解的阐述；第三，正是因为道德前提有着如此重要的意义，自然就需要给出一套具体操作方法，让电影编剧们了解并掌握如何将一个真正的道德前提置于故事的核心之内。

本书将对以上三点做出详细的推论和证明。书中的第一部分，将从学术理论的角度讨论道德前提，第一章至第四章阐释了它的历史和理论系统，第五、第六章则针对道德前提的组成与结构进行例证。

在第一部分每一章的结尾处，都会有四道推荐习题。练习 1 与练习 2 是对于该章节内容的回顾与复习，有助于读者的基础学习，并加强对原理的理解。练习 3 与练习 4 要求读者以拓展阅读、额外写作的方式进行延伸学习，类似于进阶的研究。

第二部分从实践操作的角度讲述道德前提。第七章给出了策略指导，第十四章针对轨迹情节（arc plots）给出了一些实用理论，而第十七章以电影《勇敢的心》（Braveheart，1995）作为代表案例进行分析论证。在这三个长篇章节之间还有八个简短章节（第八至十三章，以及第十五、十六章），它们逐步地阐明了如何将一个真实的道德前提植入三幕戏剧的情节设置中。因为这些章节都在引领读者进入对理论的实践操作环节，故而没有再额外设计练习题目。

本书的第二部分侧重于线性化的编排方式，这样的操作实践可能并不适用于每一个人，但是这样的学习过程同样也会帮助那些凭借灵感工作的人加深理解并提高效率。只需要一点信心，一点训练，第二部分所教授的内容将会为编剧们省下数个月的时间。毕竟道德前提的核心概念以及它的作用早就在经受着时间的考验，从人类学会讲故事起，它就存在于其中，至今已有数千年。而你很快也会发现，它确实是故事叙述中最根本的结构要素。

我希望《口碑与票房》一书能够激发出更多伟大的故事，并且借由这样的方式，吸引更多的年轻人爱上电影，投身到电影事业中来。

目　录
Contents

第一部分　历史与理论

第一章　前提与价值观　5

第二部分 应 用

导 论

如今银幕上存在着许多不同的电影类型，简单地按照字母顺序排列一下，就有：动作（action）、冒险（adventure）、艺术（art）、拍档（buddy）、恶搞（capers）、喜剧（comedy）、成长（coming-of-age）、法庭（courtroom）、犯罪（crime）、侦探（detective）、灾难（disaster）、史诗（epic）、幻想（fantasy）、黑色（film noir）、强盗（gangster）、鬼怪（ghost）、历史（historical）、恐怖（horror）、爱情（love）、音乐（musicals）、神话（myth）、公路（road）、情节剧（romance）、科幻（scifi）、社会（social）、惊悚（thriller）、西部（western），以及一些杂糅了以上关键词的电影类型。但无论是上面提到的哪种类型，只要它在票房上获得了巨大成功，那么它们就拥有一个共通之处——真实的道德前提。不管你想编剧或者拍摄的是哪一种电影类型，只要你想引起观众的共鸣，那么道德前提的核心地位就必须成为故事中最重要的一个环节。在这里，请允许我先简单地叙述一下电影的内涵，用以阐明这一观点。

所有成功的影片，都会围绕着一个"并不完美"①的人物展开，他（她）想要改善自己的生活，对某个客观现实目的产生诉求，但却在自己前进的路上遭遇了一系列的现实障碍，并且这些障碍变得越来越难以跨越。

是的，就如你所熟知的那样，这些都是老生常谈了。

但在这里有一个小小的扭转——主角面对着的每一个客观现实障碍，都源于一个单一的、主观精神的，或者说是情绪上的障碍。为了克服所有

---

① "主角（protagonist）"这一词汇指的是故事中最核心的戏剧人物。在故事中，主角并不永远意味着一个"好人（good guy）"。举例说明，在悲剧电影中，主角想要达成目标却最终会失败，尽管我们对他报以同情怜悯之心。当然，我们可能更熟悉那些"好人"主角，他们成功地实现了自己的目标，克服了自己的人格缺陷，这样的主角会在本书中被首先并主要地进行探讨。我这样做仅仅是出于便利性以及可读性的考虑，但本书中的规则也的确平等的作用于悲剧作品中的主角身上。

的现实障碍，主角首先必须跨越这个唯一的精神主观障碍。这个攻克精神障碍的过程，才是主角的整个经历、整部电影想要表达的真实意图。而这个唯一的精神障碍，便是道德前提所要揭示的内容——对主角面临的精神主观困境的真理描述。

在成功的电影中，精神主观的真理描述，或者说道德前提，始终都在以不同的方式，在不同的时间，显露在主角面前，但只有唯一一个微妙的戏剧化时刻，它显现得最为清晰。这一时刻通常出现在整部电影的中段，是一个"给予恩宠"的时刻——为主角的举步维艰给出了解决之道——它让主角生命历程中的根本冲突变得像水晶一般透明。这就是一些故事理论书籍中提到的"恩宠时刻（moment of grace）"。在这一时刻中，主角受到了道德前提的照耀，借此看清了人类的境遇，看清了自己的困境，即便他可能并不完全理解道德前提的真谛。假如主角接受并拥抱了道德前提，开始尝试在它的指引之下解决自己的困境，那么故事便会走向喜剧结局；假如主角拒绝了道德前提，那么故事将以悲剧告终。

这就是故事叙述结构中的自然法则。如果你能正确地理解它，你的故事和电影将会获得一次成功的机会；如果你错误地使用它，那么无论你的技艺多么精湛，无论你的预算、阵容或者市场影响多么强大，你的电影都不会获得它本该有的成功。

这种道德前提的观点其实并不新鲜了，实际上它存在于从古至今所有成功的故事里。我们会发现它在柏拉图（Plato）的谈话，在《圣经》（the Bible），在《伊索寓言》里，都拥有绝对的掌控力，而它也同样存在于英国古典文学中，存在于舞台、银幕上的那些故事里。

如果将客观现实层面的显性故事情节线理解为"电影的内容"，那么精神主观层面的隐性故事就是"电影的真实意图"。举例来说，在客观现实层面上，电影《虎胆龙威》（Die Hard，1988）讲述的是"一名纽约警察只身迎战一群穷凶极恶的自私歹徒"，但是在精神主观的层面，换言之就是在道德前提的层面，这部电影的真实意图其实在于表现"一个男人对妻子无私的爱"。电影中每一个人物的动机都集中在"自私"与"无私"这

17

一对冲突矛盾上，尤其是主角约翰·麦克雷恩，电影中他以自私开场，以无私结束。

电影的核心的确是围绕着精神乃至道德进行的。道德前提始终掌控着电影的结构，使之成为一个整体，将每一个动作、过渡、场景，乃至每一句台词都黏合在一起。道德前提首先帮助电影编剧回答了关于人物、建置、冲突等等大量的问题，随后制片人、导演、表演指导、演员、摄影指导、项目策划以及作曲配乐才能根据这些答案做出相应的计划与决定。

许多成功的电影创作者是出于本能来创作故事的，因而许多人并没有刻意地思考过道德前提，也没有想过它如何在创作的过程中发挥作用。但实际上，在这些创作者们看似本能的决定之下，是道德前提始终在引导着他们的视线。而一旦他们意识到道德前提的正确性与重要意义，他们便有可能依靠惊人的壮举，引起观众强烈的共鸣。

现在，我们的论述将要开始。在我们进入"怎样做"的部分之前，我们应当从面前的理论问题着手。

第一部分 | 历史与理论
History & Theory

在这一部分中，我们要考察道德前提的定义以及它在过去与现在的作用；将其与自然法则做相关比较；定义道德前提的结构形式；并论证如何利用道德前提让创作者和观众对角色形成认同。

Chapter 1

前提与价值观

PREMISES AND VALUES

1.1 "前提"的用法

在我们日常的语言文化中,"前提(premise)"一词包含着一系列不同用法。它们都源于同一个根本含义,但在不同的领域与上下文中,表现出不同的具体内涵。了解这些差异是很有必要的,这将有助于理解本书接下来的内容。

"前提"一词的其中一种用法,是指"在逻辑论证过程中,对于证据的罗列与陈述"。哲学教授 T. 爱德华·戴默(T. Edward Damer)在他的《击溃错误的推理》(*Attacking Faulty Reasoning*)一书中,利用"前提"一词来定义论证的过程:

> 论证,就是一系列的(前提)陈述,用它们中的一个或者多个,来表达对某一(结论)的支持,或者为其提供证据。[1]

逻辑学家 R. W. 伯奇(R. W. Burch)在《逻辑学概要》(*A Concise*

---

[1] 戴默:《击溃错误的推理》,第 4 页。

Introduction to Logic）一书中使用了相似的方法来说明 "前提"：

> 论证过程是一系列元素的陈述，其中的一部分（前提）为另一部分（推论）提供支持、暗示、证据或是能够令人信服的各种手段。①

换句话说，在正式的逻辑学中，"前提" 这个词被简单的用来指代对证据的陈述，对推论的支持。如果将其放入法庭的环境中，可能更加便于理解：对于陪审团而言，人证、物证就是 "证据前提（evidence premise）"，而律师希望陪审团一致达成的判决结论就是 "推论前提（concluding premise）"。

如果你具有足够的洞察力，或许现在你就已经意识到，在一部经过了精心建构并且获得成功的电影中，每一个场景都（为观众 "陪审团"）提供了某种精神主观层面的证据，以此来证明影片本身的精神推论。这种证据呈现得越彻底、越统一，表现得越真实，那么影片所表达的推论结果也就越发的令人信服。当然，现在谈论这些有点过于超前了，我们首先还是回到 "前提" 一词的定义上来。

"前提" 一词的另一种用法，将我们带回到娱乐文化产业——它意味着一部电影、一出电视剧的外部显性故事线，也就是 "情节线"（a log line）。例如电影《伴你高飞》（*Fly Away Home*，1996）的显性前提是："失去了母亲的十三岁女孩，照看并养育了一群孤儿小野雁。"② 另一个例子是电影《城市滑头》（*City Slickers*，1991）："三个男人试图改变自己的中年危机境遇，于是决定进行一次奇异的冒险。他们加入了赶牛队，在学习如何做一个牛仔的同时也更加认识了他们自己。"③ 在这本书里，我将会运用到 "前提" 的这一重含义：电影的情节线或故事线。

而深埋在故事线之下，由每一幕场景中的情节作为证据进行支撑的，就是 "前提" 的第三种用法：故事抑或电影的戏剧核心。对此，我特别称

---

① 伯奇：《逻辑学概要》，第 1 页。

② 电影网络列表：http://www.mtv.com/movies/movie/111450/plot.jhtml

③ 柯伦（Curran）等，无页码。

之为"道德前提"（moral premise）。J. 赫顿（J. Hutton）翻译的亚里士多德的《诗学》（*Poetics*）中，就曾提到过道德前提，他写道："情节，是所有诗歌贯穿始终的持续目的，它必须是对一系列包含着整体的行为的模仿。"[①] 迈克尔·豪格（Michael Hauge）在《编剧有章法》（*Writing Screenplay that Sell*）一书中，将道德前提指代为电影的主题（theme），他列举了电影《窈窕淑男》（*Tootsie*, 1982）的主题："成功的关系必须建立在忠诚和友谊之上。"[②] 豪格同时也将电影的主题称作是"徜徉在电影中的潜在道德"，以及"电影为人类现状而给出的普世陈述"[③]。

为了探究电影中道德前提的真实面貌，我们还需要更加深入一步。因而在此，我们首先可以参考一下拉约什·埃格里（Lajos Egri）对前提的定义。

1.2 拉约什·埃格里的前提

1946 年，拉约什·埃格里写下了《编剧的艺术》（*The Art of Dramatic Writing*）[④] 一书。我曾经在不止一位好莱坞编剧的书架上发现了这本书的踪迹，而它仍然在不断被再版印刷。当下，许多学者已经很少提及这本书，我猜测其中一部分的原因是书中有大量的案例都来源于舞台戏剧（一些默默无闻，一些经典著名），而并非电影。但是即便如此，埃格里依然阐释了身为一个编剧所必须知道的东西，这也正是你们现在阅读的这本书里，想要补充的东西。

埃格里将一个故事的"主控思想"，或者"主题"，直接称为"前提"，并且用了 269 页的篇幅来论证它的核心重要性。他详尽地描述了（道德）前提为什么能有助于设定情节，并且作用于故事以及其中每一个人物跌宕起伏的戏剧轨迹。他利用翔实的例证，借助实践中的洞察力，阐释了如果没有（道德）前提，人物的外部行为便没有牢靠的动机。他提醒我们，

---

① 亚里士多德：《诗学》，赫顿译，第 64 页，第 54 页。
② 豪格：《编剧有章法》，第 82 页。本书中文版已由后浪出版公司出版。
③ 同上，第 74 页。
④《编剧的艺术》中文版已由后浪出版公司出版。

"思想总是先于行动的"，并举例说明和蔼的克莱拉姑姑如何能成为一个迷人的人物，因为她总是"着魔一般的为天真善良的人们制造麻烦"[①]。但是作为一个编剧，你只有（从精神主观上）了解为什么克莱拉姑姑要如此恶毒地干预别人的生活，你才会拥有一个戏剧性的故事。回答了这个"为什么"，我们才能清楚地得到道德前提，并且围绕着它编织我们的每一个故事链。首先是克莱拉姑姑的内在动机揭示了她这个人物的秘密，然后你才能理解她的外部行为，并将她设置在一条通往目标的旅途上。

埃格里所说的"故事的戏剧核心"，也就是我所称的"道德前提"，是故事在内在层面上要传达并讨论的内容，或者用逻辑学的观念来说，就是整部电影要论证的那个推论结果。他指出了戏剧《罗密欧与朱丽叶》（*Romeo and Juliet*）的前提："伟大的爱，甚至可以无惧死亡"，以及《麦克白》（*Macbeth*）的前提："冷酷无情的野心，将会导致它自身的毁灭"。[②]请注意，这些前提的表述本身就是符合自然道德的，它们顺理成章地裁决了什么是对，什么是错——爱是正确的，而冷酷无情的野心是错误的。

更为重要的是，埃格里在书中扩充了前提的概念。他描述了一个故事：一个男人沿着街道一直跑，有人拦下他，问及他的去向，男人回答道："我怎么会知道我要去哪里？我还在路上呢。"[③]这当然是一个荒谬的回答，因为每一个带着决心奔跑的人一定会有一个目标，一个目的地，或者他预想的这段旅程的结局。埃格里所谓的前提就意味着这个目标，这个目的地，这个故事的结局。对于这样的一个目的地，不仅编剧本人要清晰，同时也要让读者、导演以及电影的观众感觉清晰。他详细地描述了剧作家应该呈现出的状态：

> 我们旨在指出一条明路，让每一个写作的人都能沿着这条道路前行，不断接近并最终到达戏剧的本源。所以，首先的第一要义就是你

---

① 埃格里：《编剧的艺术》，第9页。
② 同上，第3—8页。
③ 同上，第1页。

必须拥有一个前提，它应当是一个可以被书写，可以用语言表达的东西，如此才能让每一个人都理解——就像编剧希望的那样。一个不清晰的前提和没有前提一样糟糕。

　　如果编剧在作品中使用的道德前提是错误的、虚假的，或是建构不完善的，那么他最终会发现他的作品中充斥着毫无意义的对话，毫无意义的动作行为，任何人都无法理解他所要表达的前提——为何会如此？因为他没有找到方向。[①]

埃格里所说的"作品中充斥着毫无意义的对话，毫无意义的动作行为"，指代的就是戏剧（或者电影）中的场景情节并不能为电影的前提、目标，或是精神上的推论提供有力的支撑。他尝试说服剧作家们，希望他们创作的场景能够像"证据（proof）"一样证明戏剧的推论或前提，换作在电影中也是如此。

1.3 寓意、主题与道德前提

　　本书的上下文中将会提及三个词汇，需要一一界定清楚：寓意（message）、主题（theme）和道德前提（moral premise）。它们很相近，但并不相同。有的人会将"寓意"理解为"政治讯息（political message）"，例如"众所周知，海洋中的石油泄漏会危及海洋生态"这样的话语。诸如此类的政治讯息对一个特定的群体，一个有限的地区，一个特定的时刻，的确是有意义的。但是在本书的讨论范畴里，"寓意"的概念并非这么局限。本书所讨论的并非政治讯息，而是更加普世的道理。

　　"主题"，通常更容易被理解为是一个普遍的真理，适用于所有人群，所有时间段，以及所有地域。例如，豪格就将电影《窈窕淑男》的主题归纳为"成功的关系必须建立在忠诚和友谊之上"[②]。（主题）实际上就是电影

① 埃格里：《编剧的艺术》，第7页。
② 豪格：《编剧有章法》，第52页。

创作者在讲述"只要这样做，就能成为一个更好的人"[1]。而我也将在后文中提到，尽管主题的内涵等同于道德前提所要表达的全部概念，但它实际上只是道德前提的"一半内容"。在接下来的章节里面，我会将这两个词汇彼此互换使用，但我会在第五章里区分它们的本质差异。

对于某些编剧而言，开始创作一个新的剧本，意味着首先要考虑去确定一个道德前提。小说家、剧作家以及电影编剧乔纳森·格姆斯（Jonathan Gems）曾经参与了包括《一九八四》（*1984*，1984）、《蝙蝠侠》（*Batman*，1989）、《火星人玩转地球》（*Mars Attacks!*，1996）在内的多部电影，他给出了如下建议："在构思整个故事之前，我会首先提炼出主题，然后围绕着这个主题，进一步构建整个故事。"埃格里对此也说：

> 每一出优秀的戏剧必须有一个经过合理规划的（道德）前提……没有任何一种思想或观念能够像一个清晰可见的道德前提那样，强有力地将你带入它的逻辑推论里。
>
> 若你缺乏这样的前提，那么在你的创作过程中可能就需要反复的修改和详细的策划，一次次改变你最初的想法或条件设定，甚至全部推翻重来。但即便如此，你也始终不会明确自己的方向。可能你会无比挣扎，抓破脑袋，以求想出更多的细节来"圆满"你的剧本——你也许的确能想出来，但是仍然不会得到一个好剧本。
>
> 你必须拥有一个前提，它将带领你准确无误的获得你想要达到的目标。[2]

道德前提无比重要，因为它首先让编剧（其次是观众）明确清晰地知道电影究竟在讲什么，知道它的真实意图。对编剧而言，这意味着会有一句简短精练的话语统领你的故事，确保你写作中的每一个场景都有一个聚

---

① 豪格：《编剧有章法》，第 74 页。
② 埃格里：《编剧的艺术》，第 6 页。

焦核心。对观众而言，道德前提会把散落在电影各个时刻里的诸多思想观念统统汇聚起来，等到影片结尾，隐藏在此前所有场景中的信息就会瞬间凸显出来，一幕接着一幕在观众的脑海中清晰成像——这就是编剧对于故事隐含的深刻主题的道德定位。

在戏剧中，让所有的动作行为都朝向同一个目的，这一点十分重要。为了保证每一个场景都聚焦在前提上，或者换句话说，为了保证每一幕场景都提供了支持推论的证据，埃格里建议道："一个优秀的前提，就是对你作品的一个简短而精练的概括。"[1] 对此埃格里举了一个案例：如果确定的前提是"吝啬导致浪费"，其对应的故事梗概就是："一个人拒绝纳税（吝啬），因而被捕（导致），被迫支付了一大笔罚金（浪费）。"其中的每一个独立场景都要联系并对应着前提的某一方面，否则影片的论证力度就会削弱，这将严重的减少观众对影片前提的信服度。埃格里写道：

> 针对故事给出的既定条件，其实存在着许多不同的解决方法，（但是）"你的人物只被允许选择可以证明前提的那些方法。"可以说，当你确定你的前提那一刻起，你和你笔下的人物就都成为了它的奴隶。要让每个人物都强烈地感觉到，只有被前提允许的行为才是唯一可取的行为（only action possible）。[2]

道德前提其实与埃格里所谈及的内容是完全一致的，它是一个故事成功的基石。正是道德前提首先为每一个场景里应该出现的冲突给出了基本设定与方向，然后再由这些场景中的具体情节将矛盾冲突增强并加固。

接下来我们转换一下话题，来看看究竟是什么催生了一个故事的道德冲突，这将有助于你们更好地理解为什么道德前提如此重要。

---

① 埃格里：《编剧的艺术》，第 8 页。
② 同上，第 151 页。

1.4　价值观的冲突

　　教授编剧和电影创作的大学讲师乔尔·西尔弗斯（Joel Silvers）认为：在学生理解故事的结构之前，他们必须首先明白外部的客观冲突来源于内在的精神价值观冲突，只有清晰地掌握了内在的精神价值观冲突，才能让故事中的人物做出适应于价值观的决定，因而才会具备引发客观行为的潜质。只有当精神空气里充斥着浓郁的价值观冲突，客观的故事矛盾才会拥有更多的结构灵感。[①]与小说不同的是，电影冲突中的每一个细节都需要是客观存在的，并且"可呈现"。即便是在小说里，冲突也是必不可少的要素，而所有的行为动作永远都是基于人物之间一系列的价值观碰撞而产生的。

　　清楚地认识到价值观的冲突，有助于我们系统地阐释道德前提，因为后者恰好详尽地说明了优秀故事的精神主线。从主观上讲，价值观的设定就像是所有观点、思想意识以及各种看法的养料，它们诞生于我们的大脑与灵魂之中，为所有的行为动作提供原始的驱动力。好的故事来源于深刻的价值观冲突，如果电影创作者不能正确地理解这一基本要素，那么他所有的电影创作尝试就只能成为一系列毫无感染力的声画排列。正是那些没有围绕着道德前提构建价值观冲突的故事，让观众感觉"花费两个小时的生命来看电影真是一种莫大的浪费，简直毫无意义"。冲突是故事必不可少的基本要素，而它必须生根于价值观，围绕着道德前提进行构建。

1.5　识别价值观

　　实际上，我们并不难见到有些年轻的电影学习者，甚至是成年的电影爱好者，对于什么是价值观完全没有清楚的概念。我们都拥有"价值观"这样东西，但是很少会有人停下来思考它们到底是什么，或者它们中的哪

---

① 乔尔·西尔弗斯，个人访谈，2005 年 3 月 25 日。

些观念在驱动着我们的生活。而这对于想要为人物设置驱动力的电影创作者来说，无异于一场巨大的灾难。所以接下来将会看到的三张不同列表，都旨在让大家清楚地意识到价值观是什么，以及它们如何驱使着我们的人物展开行动。

本杰明·富兰克林的美德

读过本杰明·富兰克林（Benjamin Franklin）自传的人会对第一张列表很熟悉，富兰克林的思想与我们的道德前提系统阐释息息相关。所以，这里列出一段富兰克林对于自己价值观的简述，他称之为"美德"：

在我们身处的这个时代，有一些东西需要着重强调，因为它们能帮助我们达到道德的完善。我希望自己无论何时都不犯下任何错误，我希望能够掌控自己的每一个爱好与习惯。就我自身所知，或者在我认为我所知的范畴中，我可以区分出什么是对而什么是错，但我也许并不足以看清或为什么会做这件事情，而不做另一件。我想对此做出梳理，然而很快我就发现自己正在操作一件比我想象中更加艰难的任务。每当我不断地提醒自己注意不要犯下某一个错误时，我总会意外的发现另一个错误，因为习惯往往会带来粗心与疏忽，爱好有时候是最难对付的敌人。而今我终于能够总结出，只有当我们的兴趣和利益是完全合乎美德的时候，我们才能够真正避免自己犯错。因而必须打破与美德相背离的习惯，它们必须被替代成为良好的习惯，如此我们才能依赖于一个稳定的、有序的道德管理。为了达到这一目的，我设想出了如下的方式。

富兰克林做了一些研究，并得出一张美德列表，他认为这些美德有助于他实现某些特定目的，及实现自我提升。请大家注意，富兰克林认识到，他的外部行为是直接由他内在的价值观导致的。以下是他罗列出的美德，每一项后面都附有富兰克林为其设置的戒律来解释说明。

表 1.1　本杰明·富兰克林的美德与戒律	
节制	食不过饱，饮不过量。
缄默	避免空谈，言必对己或对人有益。
秩序	何处放何物，何时干何活，都要有条不紊。
决心	该做的一定要做，要做的一定做好。
节俭	于人于己有利之事方可花费，绝不浪费。
勤奋	珍惜一切时间用于有益之事，不搞无谓之举。
真诚	不虚伪骗人，心存良知，为人正直，讲话实在。
正义	不做不利于人的事，不逃避自己的义务。
温和	不走极端。容忍别人给予的伤害，将此视作应承受之事。
清洁	保持身体、衣服和住所的整洁。

那么，如何将这些美德转化成行为呢？富兰克林为此又写道：

我做了一本小册子，在其中为每一项美德都单独辟出一部分页面，然后再将每部分分为七个子集，对应着一周中的七天，用红墨水标注出来，分别记录每一天的行为。针对所有十三项美德的细则，我将它们按照首字母的顺序逐一排列，然后一项项的对照着审查自己。一旦发现我曾经犯下其中某一个错误，与之对应的那一项美德就成为当天需要修行的功课。

我开始为每一周赋予一个严格的美德主题。例如，在第一周，我将尽可能地避免出现任何不节制的行为，而对于其他的美德我会顺其自然，只在每天晚上对自己一天的行为做出评断。以这样的方式，如果我在第一周可以恪守我的第一项美德，我会标记一个 T，意味着我在这周里成功的清除了污点。我希望借由这样的习惯，加强并巩固美德，逐渐淡化相对应的缺陷。然后接下来我会将注意力转移到下一个美德项目上，并在接下来的一个星期之内坚守两项美德，进一步的清除污点。持续采取这样的手段直到最后，每一次修行课程都历时 13

周，而一年可以进行四次这样的修行。[①]

现在我们已经考察了富兰克林列表中的所有内容，如果你足够敏锐，你将会发现这张列表中的每一个内容都具有发展成为戏剧故事的潜力。富兰克林罗列出的每一项美德都对应着一项明显的道德缺陷，它们双方便形成了一组又一组可以延伸发展的矛盾冲突。我们可以设计一个角色，就像富兰克林一样，担任美国的驻巴黎大使。他受到法国外交官的邀请共同就餐，宴席上陈列着昂贵奢侈的法国红酒。而我们的主人公遵循着节制的美德，他为了捍卫自身的原则，拒绝出席这样的活动，即使它在法国同僚们眼中是无上的荣光。最终，一个仅仅围绕着红酒的微妙冲突，逐步增长成了更深层面上的意见不合，最终导致现实生活，甚至是国际级别的冲突事件。

海伦·W.史密斯的支配价值观

海伦·史密斯（Hgrum Smith）在他的著作《成功的时间与人生管理的十项自然法则》（*The 10 Natural Laws of Successful Time and Life Management*）中，给出了一张名为"支配价值观（governing values）"的列表，这张列表来源于他自己的富兰克林咨询公司（Franklin Quest Co.）在 1992 年进行的一次全国范围的调研。凡是上过富兰克林管理进修班，或是阅读过他们有关时间管理书籍的人，会相当熟悉这张列表。以下内容都是按照富兰克林咨询公司调查结果中词语出现频率的高低排列的：

表 1.2　富兰克林咨询公司的支配价值观[②]	
（1）婚姻（配偶）	（2）经济保障
（3）个人健康	（4）子女及家庭
（5）精神 / 宗教信仰	（6）成就感
（7）正直与诚实	（8）职业满足感

---

① 富兰克林：《富兰克林自传》，第 128 页。
② 史密斯：《成功的时间与人生管理的十项自然法则》，第 63—64 页。

表1.2　富兰克林咨询公司的支配价值观调研 [②]	
（9）关爱他人 / 服务	（10）教育与学习
（11）自尊自重	（12）担负责任
（13）锻炼领导力	（14）内在的和谐
（15）独立	（16）天分与智慧
（17）理解力	（18）生活质量
（19）乐观 / 积极的态度	（20）快乐
（21）自我控制力	（22）雄心抱负
（23）有所才能	（24）想象力与创造力
（25）宽容	（26）慷慨
（27）平等	（28）友谊
（29）美丽	（30）勇气

同样，这张列表也透露出了矛盾冲突与戏剧故事的可能性。首先，这些价值观念中的任意一个都与它的对立面成为一组明显的矛盾冲突：

自尊自重（self-respect）与 自我毁灭（self-destruction）

独立（independence）与 依赖（dependence）

平等（equality）与 褊狭（bigotry）

宽容（forgiveness）与 怨恨（bitterness）

勇气（courage）与 懦弱（cowardice）

其次，当我们过度的彰显某一种美德时，它反而会成为另一种形式的道德缺陷，由此我们便得到了一种全新层面的矛盾冲突，这将带来更加有趣的戏剧化局面。例如，正直与诚实如果过度的彰显，同样也会危害到我们珍爱的生命；勇气一旦被滥用，也会因为渺小狭隘的目的而变成盲目冒险。自尊可以演变成狂妄自大，捍卫自由有时候会带来毁灭文明的战争，而宽容则可能沦为对公平正义的冷漠。

　　无论哪一种方式，价值观都因此成为了故事的核心主题，为电影赋予了深刻意义的同时，也为观众带来了领悟与满足。

劳里·贝丝·琼斯

　　最后，让我们来看劳里·贝丝·琼斯（Laurie Beth Jones）在《路径：实地指南》（*The Path: The Field Guide*）一书中给出的精练的价值观列表，其中她还罗列了一份个人任务计划书。在这本书中，琼斯的第一步就是让读者认同：核心的价值观驱动着人采取行动。我十分确信她在罗列这张表时，脑子里想的并不是如何写剧本，如何创作故事，她考虑的仅仅是怎么激发或驱动一个人。而我们作为编剧和电影创作者的任务，自然也就是驱使着我们的人物在戏剧冲突中做出反应。琼斯在书中向读者提出了一个问题："什么样的信念或原则，会让你甘愿赴死？"这是一个伟大的问题，你同样可以在设置人物的时候问一问你的主角们，更重要的是你可以问一问那些对立角色——当然，能让对立角色甘愿赴死的价值观，一定与琼斯列表中的恰好相反。

表1.3　劳里·贝丝·琼斯的核心价值观		
真理	自我价值	安宁
正直	尊严	关系
诚实	尊重	善良
自由	内心平和	服务
信任	爱	平等
信仰	积极态度	卓越
公正	希望	高尚
健全	快乐	谦逊
荣耀	仁慈	单纯

对立角色

　　说到对立角色，请允许我先澄清一些误解。在一个故事中，"对立角色"意味着与主角作对的人物或者权力群体。我们通常会将对立角色等同于那些不惜一切代价阻挠主角的人物，就好像电影《虎胆龙威》中的汉斯·格鲁伯。但是对立角色也可能是那些在真正意义上帮助了主角的人，尽管他们外部的实际行为的确带来了主要的障碍，就好像电影《军官与绅士》（*An Office and a Gentleman*，1982）中的训导员福里。对立角色有时候也表现为一种无意识的障碍，就像动画电影《超人总动员》（*The Incredibles*，2004）中，普通公众市民们对超级英雄的愿望诉求。而在爱情喜剧电影中，它也可能是主角的爱人或朋友，正如电影《当哈利遇到莎莉》（*When Harry Met Sally*，1989）中哈利与莎莉的彼此关系。电视剧《天使在人间》（*Touched by An Angel*，1987）中，对立角色就是天使，因为他们每周都会在主角的前进道路上抛出障碍，促使他们做出改变。最后，对立角色也有可能就是主角自己，如同电影《冒牌天神》（*Bruce Almighty*，2003）中，主角布鲁斯·诺兰的对手恰恰就是他自身的不成熟。

1.6　前提的类型与价值观冲突

　　在本书的开头，我列出了一系列的电影类型，为了方便阅读，我将它们再次罗列如下：

表 1.4　电影类型		
动作（action）	侦探（detective）	爱情（love）
冒险（adventure）	灾难（disaster）	音乐（musicals）
艺术（art）	史诗（epic）	神话（myth）
拍档（buddy）	幻想（fantasy）	公路（road）
恶搞（capers）	黑色（film noir）	情节剧（romance）
喜剧（comedy）	强盗（gangster）	科幻（sci-fi）
成长（coming-of-age）	鬼怪（ghost）	社会（social）
法庭（courtroom）	历史（historical）	惊悚（thrillers）
犯罪（crime）	恐怖（horror）	西部（western）

电影《意外边缘》（*In the Bed-room*，2001）的恩宠时刻：儿子的葬礼上，神父麦克科拉斯林坐在露丝·福勒的身边，给予她一个为自己的愤恨祈求宽恕的机会——好比是一次神圣的调解（坦白）。2001，米拉麦克斯影业。

先说一些题外话：以上的每一种电影类型都涵盖了某种典型的道德价值观冲突。举例来说，冒险电影通常都徘徊在"隐秘（secrecy）"与"探索（discovery）"的冲突之间，成长电影则聚焦于"自我表达（self-expression）"与"墨守成规（conformity）"的价值观；历史剧通常讲述的是"传统（tradition）"与"革新（revolution）"之间的碰撞，科幻片则经常在"科技（technology）"与"人性（humanity）"之间建立冲突。

亚里士多德在《诗学》中曾经提出了四个基本情节点，将其拓展一下，我们可以把叙事中的价值观冲突大致分为六类：（1）人与人；（2）人与自然；（3）人与自己；（4）人与超自然（supernatural）；（5）人与社会；以及（6）人与机器。[①]

此外，在乔治·波尔蒂（Georges Polti）的经典著作《36 种戏剧情

① 亚里士多德：《诗学》，第 XVIII 页。贝尔（Baehr）基于英格拉姆·拜沃特（Ingram Bywater）的翻译版本，定义的四种类别是（第 176 页）：复合（complex），痛苦（suffering），人物（character）以及场景（spectacle）。而 S.H. 布彻（S. H. Butcher）翻译的版本是：复杂的（complex），可悲的（pathetic），伦理的（ethical）以及简单的（simple）。而我对此的理解是：（1）意外之财的反转；（2）热情错付带来的客观苦难；（3）道德伦理两难困境中的精神挣扎；（4）与超自然力量的斗争。

境》（*The 36 Dramatic Situation*）中，我们可以找到更广的分类方法（详见表 1.5）。波尔蒂论证了所有的故事都是由这 36 种最基本的情节进行简单的变体而成的，而这 36 种基本情节都是来源于"人类最根本的情绪（价值观）冲突"。

表 1.5　乔治·波尔蒂的 36 种戏剧情境[①]	
祷告	因父辈不认可引发的杀戮
救赎	为理想牺牲
报复性犯罪	为亲人牺牲
血亲间的报复	激情的代价
追求	必须牺牲所爱的人或物
灾难	高等与低等的抗争
成为残忍或厄运的受害者	通奸
反抗	爱的犯罪
勇敢而艰巨的事业	发现爱人的不忠
诱拐	爱情的阻拦
谜题	爱上敌人
获取	雄心壮志
对父辈的敌意	与神灵的冲突
与父辈的抗争	错误的嫉恨
肆意的淫乱	错误的裁决
疯狂	懊悔
致命的轻率	失而复得
爱情导致的犯罪	痛失所爱

　　这些分类中体现出来的矛盾冲突，不仅可以作为戏剧故事中的客观现实显性前提，也同样可以描绘精神主观层面的道德前提。

---

① 波尔蒂：《36 种戏剧情境》，第 3 页。

　　然而，有不少的当代文学批评家（以及一些收取费用的职业故事顾问），声称电影不需要什么道德核心或道德前提也能广受欢迎。但深入的研究①表明，当一部电影的其他产品价值、附属品以及相应的发行销售都准备就绪时，是否拥有一个强大的道德核心，决定了电影能否获得成功；而当道德核心丢失，或是无法察觉时，无论这部电影其他的产品价值、附属品及发行有多么出众，卖出去的影票数量永远会令人失望。即使我们把研究放到一边，只要一个简单的检验就足以证实精神主观里的道德对立冲突是每一个成功故事的核心。那些愤世嫉俗、持怀疑眼光的评论员或者顾问们也许极力想要否认这一事实，但他们却无法真正在自己的故事里摒弃这一点。在接下来的一章里，我们会看到从古至今的许多例子，借此来认识故事讲述中的道德本质。

练习

（1）罗列并且定义"前提"这一词汇的不同用法。

（2）比较分析"寓意"、"主题"以及"道德前提"这三个词汇在故事尤其是叙事电影中的含义。

（3）道德前提生根于价值观。选择一部分本章罗列出来的电影类型，然后为每一个电影类型列出两个可能包含的价值观冲突，并指出这些价值观如何与该电影类型相呼应。

（4）为了拓展你对于基本戏剧冲突的认识，请从波尔蒂的36种戏剧情境中选择一部分，然后利用它们：设置两个持相对立价值观的人物；解释并描述这一对人物彼此反差的价值观如何创造出对于故事有价值的戏剧性情境。

---

① 详见附录。

Chapter 2

苏格拉底与"宋飞"的共通之处

WHAT SOCRATES AND SEINFELD
HAVE IN COMMON

道德前提描述了一个故事的道德内涵，它是历史上所有广受欢迎的文学叙事作品的精神基石，也正是因为这种内在的道德核心，这些文学叙事作品才会对我们人类产生重要作用。在这一章里，我们将简要的考察叙事的历史，以及虚构作品中道德主题的使用方式。首先我们要对"道德"进行一个定义，其次我们会看一看从古至今，道德前提是如何在叙事作品中被不断谈及并运用的。

2.1 韦伯斯特词典

"道德"一词拥有诸多内涵，并时常被人误解。我的韦氏词典里对它列出了十种用法，以下是对首尾的部分摘录：

道德（moral）。

形容词：（1）符合、从属于或者相关于正确的行为原则的，用来区分对与错的；符合伦理的。例，道德的态度。（2）遵守被大众确立和接受的正确行为原则［与"不道德中文（immoral）"反义］；具有德行的；正直的。例，一个道德的人。……

名词：（9）品行的教导或者实践课程，包含在寓言、童话、人生经历等等之中。（10）品行、原则、立场或者习惯，尊重正确与错误的行为。[①]

有趣的是，词典中列出的前8种用法都是形容词，恰好也符合我在本书中对这一词汇的用法（道德的前提），另外它作为名词时最常见的一种用法（虽然排在第九位）实际也指代了我所说的同一种东西——道德前提就好比是故事给予我们的实践课程。然而我真正想指出的，其实是"道德"这个词汇并非像它字面上的那样仅仅表明了正确的东西，而更多的是在论述错与对之间的区别。这意味着最自然的道德，应该是能够感知什么是正确的，什么是错误的，这一种并置的关系自然会带领着我们来到矛盾冲突的面前，而这恰恰就是讲故事所必须具备的元素，否则一切都毫无意义。

之后的论述中，我还将指明论证过程中的"有效"证据与"无效"证据。在本书里，"有效（valid）"一词等同于逻辑学和社会学通常所说的"正确（rightness）"这个概念，或者换一种表达，它等同于"无谬误（without fallacy）"；相对应的，"无效（invalid）"在本书中的含义就等同于"谬误（wrongness）"，也就是"荒谬的（fallacious or with fallacy）"。在本书所讨论的范畴里，一个道德问题绝不仅是做出一个"有效"或者"无效"的判断，而是意味着编剧在处理问题时，需要同时设置一个正确面与一个错误面，同时谈论对与错，这样才能让一部理应受到欢迎的作品，达到更高的顶点。

2.2 圣　经

想一想那些包含着对与错的故事，最古老的作品应该就是我们今天熟知的《旧约》（*The Old Testament*），它以长篇故事的形式讲述了犹太人的国家发展历程。这些类似于道德童话的故事，完整地概括了十项非

---

① 科斯特洛（Costello）。

常著名（尽管并没有被我们很好地遵守）的道德寓意——十诫（The Ten Commandments）。

表 2.1 　原始的道德寓意：十诫 [1]
第一诫　除了我以外，你不可有别的神。
第二诫　不可妄称耶和华，你的神名……
第三诫　应当纪念安息日，并守为圣日……
第四诫　应当孝敬你的父母……
第五诫　不可杀人。
第六诫　不可奸淫。
第七诫　不可偷盗。
第八诫　不可做假证陷害他人。
第九诫　不可贪图邻居的妻子。
第十诫　不可贪图邻居的房屋与财产。

　　《旧约》的故事情节线可以概括为：这是一个关于以色列部族的故事，讲述了上帝是怎样领导着以色列人的祖先，从伊拉克来到埃及，并最终到达了巴勒斯坦。当以色列人祖先遵从十诫的教诲时，他们生活得幸福快乐；而当他们违背了十诫时，他们发现自己置身于制裁之剑的剑尖，即将遭受五雷轰顶之灾。

　　每一条诫文都可以看作是道德主题的缩写，分别对应着一个道德前提。我们来看"金牛犊（Golden Calf）"的故事。这个故事的显性客观前提，是古代以色列人熔化了他们在埃及所拥有的金银珠宝，打造了一个神像；而故事的主观道德前提，其实就是以色列先人们违背了耶和华（Yahweh）的第一诫（除了我以外，你不可有别的神），并为此承担了后果。以色列先人的精神思想影响了他们的客观行为，也就是说行为来源于

---

① 犹太教（Jewish）、新教（Protestant）以及天主教（Catholic）对于十诫的标号顺序都不相同，但它们都来源于同一个文本，《旧约》中《出埃及记》（Exodus）的20：3—17。此处列出的是天主教的版本。

思想。从表面上看，这是关于打造一只"金牛犊"神像的故事，但是从精神上分析，这一行为的确是"在耶和华之外崇拜另一位神明"的道德选择。因而我们可以看到，出色的故事都是围绕着一个特定的脉络，即做出一个道德（精神上的）选择，并由此引发一个客观行为，最终带来一个客观现实与精神主观的结果。

提起十诫，大家可能会联想到西席·地密尔（Cecil B. DeMille）1956年拍摄的电影，其中充斥着华丽的视效与场景。但克日什托夫·基耶斯洛夫斯基（Krzysztof Kieslowski）的获奖作品《十诫》（*The Decalogue*，1989），或许是更好的分析案例，因为它将这十条诫文用作口碑与票房。在这部包含十个一小时左右的故事的影片中，基耶斯洛夫斯基分别将十诫作为各自的出发点，讲述了在波兰共产主义政权的统治下，普通民众日常生活中每一天都要面临的道德困境。基耶斯洛夫斯基曾说，他的电影是"对破败的基本价值观的一次回归"。[①]

《新约》（*The New Testament*）同样也包含着许多非常著名的故事，它们最基本的目的在于传达一系列的道德主题，就像基督的山顶布道（Christ's Sermon on the Mount）中讲述的那样：

> 虚心的人有福了，因为天国是他们的。
>
> 哀恸的人有福了，因为他们必得安慰。
>
> 温柔的人有福了，因为他们必承受地土。
>
> 饥渴慕义的人有福了，因为他们必得饱足。
>
> 怜恤人的人有福了，因为他们必蒙怜恤。
>
> 清心的人有福了，因为他们必得见神。
>
> 使人和睦的人有福了，因为他们必称为神的儿子。
>
> 为义受逼迫的人有福了，因为天国是他们的。

---

① 引自托马斯·希布斯（Thomas Hibbs）2003年的文章《基耶斯洛夫斯基的基本原则：十种行为中的价值观》（*Kieslowski's Fundamentals: Values in ten acts*）。参考原文地址：http://www.nationalreview.com/comment/hibbs200312230101.asp

　　人若因我辱骂你们，逼迫你们，捏造各样坏话诽谤你们，你们就有福了。[①]

　　与十诫相同，这也是贯穿在《新约》诸多故事中的精神主题，是它们的道德基础，从中构建出了早期基督教（Christian Church）的寓言与历史事件。

　　当然，我们可能会希望圣经故事中的道德教育可以表现得更加明显一点，因为它们大多数看起来都过于间接和隐晦了。因而，20世纪上半期，一位专注于圣经教育与故事书编写的作家，牧师杰西·赫尔伯特（Rev. Jesse Hurlbut）在《圣经故事》（Story of the Bible）一书中将这些道德教育明确地提了出来，使这本书后来广为人知。我在他的描绘之中发现了极为有趣的东西，同样可以应用于当下的电影中。

　　这些故事都有着更深刻的含义，并且在精神上具有重要启示。它们对于孩子来说可能并不容易理解，但对于成年人而言，他们将会意识到这其实就是他们小时候卧在母亲腿边所听到的那些故事。即便你是第一次阅读，你也能立刻发现这些故事具备了高雅的文学气息，情节的趣味性，并且有着直击心灵的伟大价值观，能够立刻唤醒你的思想意识。[②]

　　赫尔伯特揭示了今天成功的电影创作者们所要做的事情（尤其是那些创作出了知名动画故事的人）。显性的客观故事线可以是针对儿童的理解力而建立的，但包括成人在内的所有年龄段群体，都可以领悟到故事在精神主观层面上所带来的重要道德启示，它们激活了我们的意识。

2.3 伊　索

　　大约在公元前650年，《伊索寓言》（Aesop Fables）诞生，它同样是一个

---

① 《马太福音》（Matthew）5：3—11。《新版美国圣经》（New American Bible）。参考网址：http://www.nccbuscc.org/nab/bible/matthew/matthew3.htm
② 赫尔伯特：《圣经故事》，第9页。

明显的道德故事讲述例证。这些寓言，以不同的形式被广泛的印刷流传，甚至名为"古腾堡计划（Project Gutenberg）"的数字图书馆的电子文档（1995年）中也收录了 306 则寓言。这些寓言中的绝大部分都包含着明确的道德前提，例如"邪恶的愿望，会像倦鸟还巢"［第 32 则，《蜜蜂与朱庇特》（*The Bee and Jupiter*）］，或者"怀着邪恶企图的人，憎恶一切对美德的守卫"［第 264 则，《盗贼与公鸡》（*The Thieves and the Cock*）］。乔治·法尔勒·汤森（George Fyler Townsend，1814 年—1900 年）是古腾堡计划中启用的寓言翻译家，他写下了在这些古代幻想故事中包含着的道德寓意，并将它们与美德、缺陷相联系，用这两种矛盾对立的元素，组合成了真正的道德前提：

> （寓言）拥有一种极高的特权，因为它始终在高处俯瞰着人类，并赐予我们伟大的指导，不断地利用道德格言、社会责任以及政治真理对我们进行谆谆教诲。因而真正的寓言（故事讲述者）也就具备了一项最为重要的职能：他既不是一个讲解员，也不是一个寓言的编纂者，他实际上应该是一位伟大的师长，一位道德的校正者，一位针对缺陷的检察官，也是一位美德的推荐人。①

伊索，这名弗里吉亚人，也许是有史料以来，最早对故事里的道德前提有所感知的专家。身为一个奴隶，他因为自己的好学与才智得到了自由，并借此提升了自己的名望。后来他作为君王的特使，在希腊的诸多城邦中游历，用讲故事的方式来协调居民矛盾，解决公共事务。②

伊索利用他的故事，与听众产生联系和共鸣。他那说服民众相信明智、正确的道理的本领也同样适用于如今的世界，观众们可以从电影中收获到明智与正确的事理。

《伊索寓言》和电影为什么会具备如此大的力量？其中一个原因就在于它们有效地利用了隐喻——伊索与成功的电影创作者都善于制造隐

---

① 《伊索寓言》的译者标注，无页码。
② 来源于伊索的人生小传，古腾堡网站。

喻。法国哲学家保罗·利科（Paul Ricoeur）在《时间与叙事》（*Time and Narrative*）一书中指出，将"时代"与"叙述"这两种毫不相关的概念结合在一起，会得到一个隐喻关系，并带来全新的内涵，这将胜过无数干巴巴的乏味论述。彼此不相联系的两个概念被有意识地规划在一起，构建在同一个故事之内，如此就会萌生一个全新的内涵，利科将其称为"语义创新（semantic innovation）"。这个全新的内涵是故事讲述者一种有意的、积极的想象，它"开创（inaugurating）"了故事元素之间的相似性，让它们"看起来也许毫不相干，但随即就会发现彼此紧密相连"①。这种紧密感，呈现在观众的眼前与脑海中，如同一个崭新黎明的到来，所有关联的故事元素都并置在一起了——情节、人物、建置、冲突以及道德前提。观众开始在故事中寻求关于生命意义的答案与提示，一旦故事给出了新的见解，他们便会立刻获得对美好未来的崭新希望。这就是为什么伊索寓言可以像传奇一样经久不衰，为什么当今的电影会广受欢迎。

当然，除了通过故事元素的并置与关联来赋予其全新的内涵之外，伊索寓言与其他那些优秀出众的故事之所以能那么普及，还有其他的诸多原因。身为小说家、社会研究者，同时也是一名神父的安德鲁·格里利（Andrew Greeley）在他的论文《天主教的想象力》（*The Catholic Imagination*）中指出，宗教与社会正是通过故事（尤其是从过去流传下来的那些）达到对教条以及社会秩序的管理，这一观点为我们思考故事的魅力带来了新的启发。他写道，在天主教义里，古代的故事都具有道德的象征性，而它们所传达的教育意义始终活泼而生动：

> 这是一个令人迷醉的世界……无数的雕像与盛满圣水的杯盏，玻璃装点了整个大厅，四处燃烧着祈愿的蜡烛，圣徒以及教众的勋章、成串的念珠与神圣的画像挂满墙壁……教堂，就像是一个故事的藏宝库，从古至今都是如此的重要。宗教，无论它在此前是什么，在之后

---

① 利科：《时间与叙事》，第 X 页。

又是什么，它都充满故事。①

格里利提醒我们，正是教会的诸多故事激发了艺术家与捐赠者们对宗教艺术的创造力，并使它们负有盛名。而这些教会故事正是利用了丰富的具有道德象征意义的讲述方式：

> 这些故事对于神迹和道德品行的演绎，跳出了礼拜式的祭祀圈子，即便是在教堂之外，在不需要做礼拜的时间里，它们也不断地被传颂着，填充了平民的生活。与此类似，从广博的大众文化中诞生的清唱，也逐渐衍生发展，进入了剧场，最终演变成了歌剧与电影。②

从教堂中诞生的故事，当然和《伊索寓言》一样有着相同的目的——它们旨在告诉我们所有与人类生存状况相关的事情，告诉我们该如何做出道德的选择，如何让生活更美好。那些吸引着我们的注意力与想象力的故事，都拥有一种极为自然而基本的主题，指明了我们一直在探索的东西，那就是"我们为什么来到世上，怎样才能让人生完美无瑕"。所以说，故事从根本上讲，是在自发的满足人类探寻生命真谛的愿望。

2.4 苏格拉底

在柏拉图的时代，希腊城邦规定诗人只可以在他们的作品中反映美好的意象，否则就得接受惩罚。如此的做法，关注的不仅是对生命真意的哲学探讨，也是在对年轻一辈进行恰当的道德教育。在柏拉图《理想国》（*Republic*）第三卷的开头，苏格拉底与朋友的对话中就描述了在对年轻人的道德教育中，听觉与视觉艺术所蕴含的象征意义，并阐释了为什么"道德畸形（moral deformity）"的艺术形式必须要从社会中被驱逐出去：

---

① 格里利:《天主教的想象力》，第35页。
② 同上，第34—35页。

　　同样的控制是否可以延伸到其他的艺术家（音乐家、运动家以及剧作家）身上？是不是也应该禁止他们在雕刻、建筑以及其他艺术创作中呈现美德的反面形式，表现道德缺陷以及无节制、无意义、无礼节的东西？我们不能让我们的监护人（guardians，意指孩子）在道德畸形的环境中成长，否则他们就像是生长在一片有毒的牧场一样，一天天、一点点啃食并吸收着有害的花花草草，直到他们的灵魂中暗藏了一大片溃烂的脓疮。但愿我们的艺术家是那些拥有天赋，可以察觉到真善美的自然真谛的人，如此我们的年轻人才能栖居在一片健康的乐土，被美丽的图景与声音围绕，接收着所有事物的美好。[①]

　　就像这样，苏格拉底借助柏拉图（我们将在下一章中看到亚里士多德也同样如此）[②]之手，将艺术和戏剧视为道德指导的手段。

2.5　英国古典文学

　　17、18 世纪出现的长篇叙事作品，则传达了其他的道德寓意。17 世纪之初的 1610 年，本·琼森（Ben Jonson）写下了《炼金士》（*The Alchemist*）。这本弓的编辑麦科勒姆（McCollum）称琼森在这本书中"将虚伪做作、贪婪欲望的外壳统统剥去"[③]。1667 年约翰·弥尔顿（John Milton）写下了《失乐园》（*Paradise Lost*），讲述了"真正的自由隐藏在顺从之中，

---

① 柏拉图:《理想国》，第 288 页。
② 我有时候会将这三个希腊先哲弄混。以下是他们三个人彼此之间的关系，根据他们各自的生平：苏格拉底（公元前 469 年—公元前 399 年）是一名石匠，同时也是一位伟大的口头哲学家，他从未写下任何专著，但他四处游历并且提出许多问题——这就是苏格拉底问答（Socratic Method）。苏格拉底指导了柏拉图（公元前 427 年—公元前 347 年），后者对苏格拉底的问题给出了一系列的回答，并将它们连同苏格拉底的对话录一起记录在了《理想国》一书中。柏拉图还为此开设了一间学园，在那里，年轻的亚里士多德（公元前 384 年—公元前 322 年）成为了柏拉图的弟子。根据这些记录，苏格拉底饮下城邦的毒酒而死的时候享年 70 岁，当时柏拉图 28 岁，而亚里士多德只有 15 岁。
③ 琼森:《炼金士》，第 ix 页。

而顺从并非枷锁"。[①] 接下来是 1678 年，约翰·班扬（John Bunyan）写下《天路历程》(*The Pilgrim's Progress*)，一部大师级的寓言式作品，讲述了一群受压制的贫贱人群，如何以上帝作为自己的道德向导[②]。还有一部道德巨著，也许并没有多少人知道，那就是亨利·菲尔丁（Henry Fielding）在 1742 年写就的小说《约瑟夫·安德鲁斯传》(*The History of the Adventures of Joseph Andrews*)[③]。此外还有一本较为著名的，即写于1749年的《汤姆·琼斯》(*The History of Tom Jones*)[④]。这两本小说都非常值得研究，不仅因为它们嘲讽了同时代的道德状况，更因为它们明确而完整地表达出了自己依托的道德寓意。菲尔丁笔下的约瑟夫·安德鲁斯有一段开场白，头两段是这样说的：

> 树立榜样要比强调戒律更有效地作用于心灵——这个观点也许是老生常谈，但的确真实可信。[⑤] 如果这一事实的确存在于那些可憎的、错误的事物之中，那么它就更应存在于亲切的、值得赞许的情境之中。模仿的本领强烈地操控着我们，激励着我们不由自主地遵循一些行为方式。因而一个优秀的人便会成为他生活的圈子中的一个显著榜样，在狭小的人际圈里，这会比一本好书的作用更伟大。
>
> 然而通常的情况是，最优秀的人可能并不为人知晓，因而他无法将他的领袖作用发挥到极致。作家的责任其实在于将这些优秀人物的成长历史呈现出来，将善良美好的图景完整而全面地呈现给那些没有机会得见的人们。把有价值的宝贵行为传达给整个世界，这样的方式要比那些生来就具备美德的人，有着对人类更加伟大的贡献。[⑥]

---

① 约翰·弥尔顿：《失乐园》，肖克罗斯（Shawcross）译，第 249 页。

② 班扬：《天路历程》。

③ 菲尔丁：《约瑟夫·安德鲁斯传》，2001 年版。

④ 菲尔丁：《汤姆·琼斯》，1998 年版。

⑤ 可以将菲尔丁的观点与安德鲁·格里利在《天主教的想象力》中提到的戒律脱胎于故事的观点相比较。

⑥ 菲尔丁：《约瑟夫·安德鲁斯传》，2001 年版，第 I 页。

如果以上的内容显得有些晦涩难懂，那么这里有一段更通俗的翻译：一个有瑕疵的人物与至高无上的道德进行正面对质，这样的故事要比那些讲述原本就很优秀的人物怎么变得更优秀的故事有用得多。前者是戏剧，而后者不是。此外，还请务必记住什么是一部电影的真正内容——某个不完美的角色尝试着提升自己的人生。

在以上两段引文中的第一段里，"戒律""可憎""错误""亲切""优秀"以及"榜样"这些词汇都会指引我们面对之后内容中的道德倾向。而第二段则借由"将带领作用发挥到极致"、"将历史呈现出来"以及"对人类的贡献"这样的语句，更加深入的将小说提升到了价值寓意的承载者这一高度。通过这样的方式，菲尔丁明确表明了他要将自己的道德寓意传递给社会。对此我想指出的一点是，道德寓意是否有效其实并不重要，重要的是历史故事自始至终都主要是在传递道德寓意。[①]

2.6 文艺批评

在 18 世纪针对小说的文艺批评中，也面临同样的情况。随着故事写作越来越逼真，文艺批评不仅关注故事本身所蕴含的道德，也开始关注讲述的方式。以下一段例子，来自 1750 年塞缪尔·约翰逊（Samuel Johnson）博士的一篇文章：

> 在叙事作品中并不存在历史真实，如此一来，我无法理解为什么不能展现最完美的美德观念呢？这种美德并非是要像纯洁的天使一般，也不要求超乎所有的可能性（那样的话我们也不会信服，也绝不

---

① 这里与那些讽刺菲尔丁的《汤姆·琼斯》是"不道德"的故事的诸多文章著作无关。塞缪尔·理查德森［Samuel Richardson，菲尔丁在《约瑟夫·安德鲁斯传》中嘲讽过他的作品《帕梅拉》（Pamela）］曾经写道，菲尔丁是"一个发明家，他无法用言语表达心灵的美好，他的作品比一匹马或者一条狗的美德好不了多少：简单的说，相比于我们所熟知的任何作家来说，他所做的更多是在腐化我们的下一代"［引自《哈里森》（Harrison），第 10 页］。据报道《帕梅拉》是第一部以英语写作的小说，如果的确如此，那么《约瑟夫·安德鲁斯传》就是第二部。

会仿效学习），而只是人类所能达到的最高尚、最纯粹的人性。[①]

针对这样的观点，18 世纪的叙事理论家 J. 霍尔珀林（J. Halperin）在追溯小说理论的时候，将其划入了理想主义哲学的范畴。当时的文艺批评家并没有那么的关心故事中的道德性，他们更多的是在关注小说家在表现手法上的技巧。霍尔珀林所言的理想主义，并不是作为现实主义的对立面出现的（这在当时引发了极为深远而重大的争论），而是所有艺术最基本的"观念论"。他总结道，18、19 世纪以来，小说理论将理想主义视为尚未堕落腐化的真理，而将"谬误（falsism）"视为现实主义的对立面。[②] 作家与文艺批评家的观念在此达成了一致，他们都清楚地发现了故事寓意中蕴藏的道德暗示。

2.7　当代故事

无论我们看的是小说、电视，还是电影，道德寓意都无处不在。举例说明，小说以及电影《杀戮时刻》（*A Time to Kill*，1996），讲述的是"忠诚会为无辜的人与有罪的人同时带来公正"，或者"不公正的仇恨带来公正的死亡"。同样，既是小说也是电影的《燃眉追击》（*Clear and Present Danger*，1994），则明显是对"力量才是硬道理（might is right）"这一主题的翻版演绎，当然在这里特指的是"科技的力量"。如果这部电影是一部间谍类型片，正义是由某个秘密组织保护的，那么《燃眉追击》的道德寓意就将变成"沉默是最伟大的热情"[③]。对于一部间谍惊险作品而言，这可能是一个极佳的寓意，正如故事中的贩毒集团、美国军方以及主角的爱人都由于各自的沉默，引发了理解上的冲突对抗，而在另一边，处于"绝对

---

① 霍尔珀林，第 4 页。

② 霍尔珀林，第 8 页。

③ 克兰西（Clancy）:《燃眉追击》，第 124—125 页，第 688 页。小说的最后一句话便是："沉默是最伟大的热情。"（Silence was the greatest passion of all.）

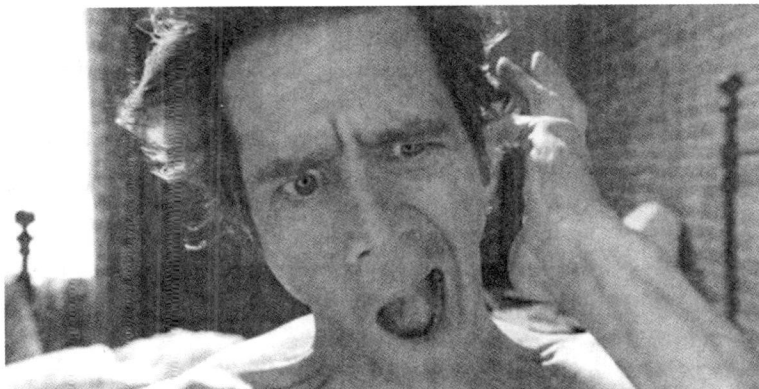

电影《冒牌天神》中布鲁斯·诺兰的恩宠时刻。布鲁斯祈求了一整天的奇迹诞生，并最终从上帝手中获得了无穷的能力，当他第二天清晨醒来的时候，他听见了周围所有人的内心祷告。从这里开始，他意识到自己被赐予的天赋与恩宠，以及自己应当承担的责任——成为他人的奇迹。2003，环球影视公司。

沉默"状态的人造卫星却积极的探察，甚至调动了美国军方搜寻信息，寻求公平正义。《岁月惊涛》(*The Prince of Tides*，1991）也是由小说改编成了电影，它揭示了真爱如何治愈暴力而极端的过去，并且"使废墟中萌生出美好"①。

　　在电视范畴里，二百多集的电视剧《拖家带口》(*Married with Children*）似乎是在嘲笑一些特定的人际关系与社会道德。但隐藏在这样的表面之下，邦迪一家对于社会道德规范的排斥所带来的负面结果，让这些幽默搞笑的情景得到了共鸣。邦迪一家人就如同白色垃圾一样：他们是一群冷漠的、寄生虫般的失败者、道德堕落者，并承受着应有的恶果。②但同时，他们又坚守在一起，因为他们仍然是一个完整的家庭。就像剧中的爸爸爱尔经常说的那样："邦迪一家是失败的人，但绝不是会放弃的人。"

———————————

① 康罗伊（Conroy)：《岁月惊涛》，第 649 页，第 657 页。
② 这部电视剧在早期曾拟定另一个名字《不是天才科斯比》(*Not the Cosbys*)。

尽管对于传统的观众来说，这些显性的行为方式并不会令人感到愉快，但是《拖家带口》的道德前提却是和传统的道德价值观保持一致的，能够引发令人瞩目的赞同（纵使它隐藏在故事的门板之后）。

电视剧《宋飞正传》（*Seinfeld*）讲述的是平凡小事中的对与错。乔治认为土豆上是否浇有肉汁或者黄油这样的小事里面，都会包含着某种和通奸乱伦一样意义重大的"正义"。乱伦或者通奸是错误的吗？想要知道这个答案，先看看电视肥皂剧明星们对于那些同样"意义重大"的问题的表情回应就知道了。电视剧《男人不易做》（*Home Improvement*）聚焦于"做什么才是对整个家庭都正确有用"的问题上，在一个神秘的、无所不知的邻居的帮助之下，他们完成了自身的道德课程。

无论我们在哪里观看、阅读或者闻听，道德寓意都无处不在。即便是某些认为他的同僚都是在炫耀自己的道德品行的，自以为是的政治家，实际上也是在做着同样的事情。此外，所有的法律不都是在努力的制定对与错的法则，并尝试定义彼此吗？阐明什么是对，什么是错，无论是通过宗教教义的命题式的陈述，还是协商通过一项公共法律，然后实施并判决，又或者是通过讲述包含着含蓄而微妙的道德前提的故事，这些统统都是人类的正常道德行为，这便是我们在探求生命的真理与意义时，不断在做的事情。

然而有一些"政治正确（politically correct）"的爱好者仍然在声称传达一个道德寓意是违背道义的。比尔·马厄（Bill Maher）的《政治错误》（*Politically Incorrect*，1994）迅速对此做出了反讽。尽管我们身处的世界被各式各样的道德寓意所环绕，但那些告诉我们该如何构建并讲述故事、如何撰写剧本的学者们，都围绕着同一个事实：大多数的寓意从本质上而言，都必须是道德的。

练习

（1）写一篇简要的文章，描述从古至今不同的时代里，故事都是如何传达道德主题，并彼此具有相似性的。

（2）罗列一定数量当代流行的电视剧剧集，描述它们分别蕴含的道德主题。

（3）对18世纪或19世纪的经典小说做一个简要的回顾，分析它们都是如何传达道德价值观及主题的。故事中都存在着主导戏剧张力的价值观冲突，将推动这一价值观冲突的主题及人物标注鉴别出来。

（4）考察本章节中没有提及的传播渠道，例如有线电视新闻、博客、漫画或是游戏，描述它们各自具备的道德主题以及价值观的演变。

Chapter 3

现代写作指南中的道德前提

THE MORAL PREMISE IN MODERN
WRITING GUIDES

主题和道德前提对电影具有重要意义，一些有关剧本写作的书籍也同样给我们带来了不少帮助。当我们讨论"道德前提"这个概念时，不同的学者采用了不同的词汇，并对其进行了不同程度的阐释。所以，我想是时候来界定并巩固一下这些错综复杂的概念、定义以及手法，确定出来一个代表性的语汇。我的建议是称之为"道德前提（the moral premise）"，而本书也正是我对其进行疏理和巩固后的成果。因而请允许我花一点时间，夹点评一些当代学者的著述，看看他们是怎样运用自己的方式、语言来定义"道德前提"的。然后我会将这些理论都归结在同一面旗帜之下，并对它的实践操作步骤给出建议。

3.1 罗伯特·麦基的"主控思想"

罗伯特·麦基（Robert McKee）在《故事》（*Story*）一书中，用"主控思想（controlling idea）"来指代电影中的道德前提，他将其定义为"故事通过一系列的行为动作以及最后一幕高潮的审美情绪，所表达出来的终极意义"。①

麦基在书中也同时描述了主控思想是怎样通过主要人物的诉求，来引导故事主线构建的，无论这条主线是有意识的欲望还是无意识的欲望，或者两者兼而有之。主角在实现自己诉求的过程中，通常会发生两类事情：一类是推动着主角更加靠近自己的目标（"积极的推动"），一类是对于这一变动的阻碍（"消极的推动"）。指向目标的历程就像一次上下起伏的过山车之旅，而它正是由主控思想进行控制的：

> 故事的主控思想可以被概括成一句简单的话，它描述了从最初状态直到最终状态的途中，生命个体是如何经历改变，以及为何经历改变。这是故事最淳朴的意义形式。在探寻"如何"以及"为何"改变的路上，生命的图景逐渐被观众接纳，并吸收进他们自身的生活中。②

麦基的主控思想理论，为我将要论述的道德前提搭建了一个很好的桥梁。相较于道德前提来说，麦基传达的概念有一些不同，并且相对狭窄了些。但可贵之处在于，他非常明白现实中存在着某一个观点、一个概念、一个单一的思想，能够用于总结归纳甚至是控制整个故事以及所有的铺垫情节。这一点我将在后文中更明确的点出。换句话说，麦基的主控思想描述了故事的"轨迹（arc）"。他还给出了一些例子：

> 电影《肮脏的哈里》（*Dirty Harry*，1971）：正义凯旋，因为主角比罪犯更暴力。
> 电视剧《神探可伦坡》（*Columbo*）：正义被维护了，因为主角比罪犯更聪明。
> 电影《土拨鼠之日》（*Groundhog Day*，1993）：当我们学会无条件地去爱时，幸福便会降临。

---

① 麦基：《故事》，第115页。
② 同上，第115页，第117页。

在后文中我将要论述，道德前提与麦基的主控思想并没有非常大的区别——除了道德前提并不仅仅只是作用于主角与故事主线上，它同样作用于每一个细节人物以及所有的铺垫情节。

接下来，我们还将继续考察其他的编剧指导书籍，通过这种方式的分析我们可以学到许多前人的智慧，并将他们汇集在一起，以加强和巩固。

3.2 迈克尔·蒂耶诺的"行为—思想"

在《亚里士多德的诗学：对编剧的启示》（*Aristotle's Poetics for Screenwriters*）一书中，迈克尔·蒂耶诺（Michael Tieron）总结归纳了成功戏剧的关键元素。蒂耶诺认为亚里士多德是第一位电影故事分析者，并将亚里士多德的理论阐释为"对于戏剧故事讲述的无时限的普遍真理"。[①]蒂耶诺为我们列出了亚里士多德讲故事的第一条原则："讲故事需要内容。"[②]为了给这个概念一个明确的实指，蒂耶诺随即引出了"行为—思想（action-idea）"的概念，并被他称之为是亚里士多德《诗学》的精髓。

亚里士多德的"行为—思想"指的是"主导着主角客观现实目的的那个简单的念头"，从始至终吸引着观众的注意力。另一种对行为—思想论的阐释可能更加"高概念"一些——它是一个可以被几句话描述的情节性的观念，能够引发听者情绪上甚至是深层意识的反映。例如电影《大白鲨》（*Jaws*，1975）讲述的是"阻止一头杀人的鲨鱼"[③]，这句话很简单，并且带有情绪化，但整部电影恰恰就归结在其中。

故事讲述者的目的，就是带领着观众经历一段情绪的、精神的历程，并在其中揭示出有关人类经历的尖锐真理。这种历程对于观众来说应该是畅通无阻的，并且能够引发出深刻的共鸣。然而正如蒂耶诺阐释的那样，要让整部电影都围绕着一个简单的"行为—思想"，需要主角在努力履行

---

① 蒂耶诺:《亚里士多德的诗学：对编剧的启示》，第 xix 页。
② 同上，第 1 页。
③ 同上，第 3 页。

所有的动作行为同时，做出一个"道德的选择"①。

我们在电影中，时常会看到主角挣扎犹豫，难以做出一个艰难的选择，每逢此刻，我们便会对人物形成认同甚至尝试着代替他做出选择。当然，从根本上说，这样的选择是非常困难的，因为它往往呈现出一个进退两难的道德困境，牵涉着并不明朗化的道德对错。一旦主角做出了一个决定，结果有可能会是好的，但是也同样存在着巨大的遭受厄运的风险。

蒂耶诺在书中也探讨了行为的集结，或者称其为"经历线（through line）"，它指代的是电影创作者是否将故事所有不同的离散事件都汇集在同一个主题（one subject）之下，将它们按照逻辑的因果关系一个个绑系起来，贯穿电影始终。

亚里士多德曾说，戏剧必须是关于"一个单一的，而非多重的问题"②。也就是说，所有的人物都是在为同一件事情挣扎，只是以各自不同的方式罢了。在电影《美国美人》（American Beauty，1999）中，所有的角色都在追寻一个始终逃避他们的美梦，而纵观整部电影，每一个角色都做出了一个道德选择，这个选择决定了他们是否能够解读并且收获这个美梦。

电影通过一系列的情节事件展现，让我们知道了每一个人物对"美"的理解：莱斯特对安吉拉的欲望，珍妮对里奇的爱慕，卡罗与巴蒂的情愫，以及菲茨上校对莱斯特的复杂情绪，等等。电影创作者设定了一个核心观念并将其影像化，让我们得以通过不同角色的段落获得整部电影的主题。

蒂耶诺这样评论电影《早餐俱乐部》（The Breakfast Club，1985）："从故事的每一个分子中，你都可以感受到行为思想，因为情节中的每一个场景都在不断的唤起它。"这也是我在本书中的研究所要揭示的：如果一部电影想要获得成功，那么道德前提必须始终存在于每一幕场景中，存在于每一个主要人物的轨迹里。"整体永远都存在于每一个单独的部分之中。"③在道德前提的语境里，每一个场景都要反映出道德前提，每一个人物、设

---

① 蒂耶诺：《亚里士多德的诗学：对编剧的启示》，第 4 页。
② 同上，第 25 页。
③ 同上，第 1 页。

定以及其他所有的元素都要如此。部分能够加固整体，电影主题的每一个细节都能在任意一个独立场景中被反复的验证，并清晰的表达。"故事中所有引发改变的行为都必须能够引发核心的道德问题……观众想要看到的是确实的对与错，因为每一个人都会认为这就是人类的本性，是人之所以为人的本质。"①

这一观点，与立约什·埃格里的"前提"、罗伯特·麦基的"主控思想"不谋而合，而它恰恰就是我所言的"道德前提"。正是道德前提，引发了行为与情节，让它们都朝着必然的结论前进。当我们以观众的身份，看着英雄人物经历一连串的行为与决定，在他的历程中接受无数的挑战与阻挠时，我们会全力支持他做出正确的选择。如果电影创作者做得足够好，那么我们就好像拥有了一扇开向主角心灵的窗子，我们对故事的积极投入与关心将会点燃主角的动力，驱使着他做出正确的道德选择，将情节和故事都推往我们想要看到的轨道上去。道德思想是起因，而情节是结果。正是这些符合道德的思想、决定以及行为带给了我们一种情绪上的感官体验，让我们能够认知到主角所有挣扎中存在着的美德与缺陷。

本书之后的第八章，讲述实际操作的第一步中，我会要求你选择一种美德，而在第九章第二步中，当你设定一项与之对立的道德缺陷时，你必须选择一组真正的美德与缺陷，它们不仅对你而言是真实可信的，也需要你的观众们都能认可。电影创造出情绪的历程与通畅自然的结局，并不是因为表现了某种全新的道德观点或真理，而是因为它将人物放置在了观众自身的精神认同里，让他们感受到了一种"原型经历（archetypical experiences）"。②故事的客观现实情节，或者显性前提可以是虚假的，就像电影《惊爆银河系》（*Galaxy Quest*，1999）一样（外星人招纳主角拯救宇宙），但是电影的精神主观前提必须是真实可信的（我们的宇宙呼唤责任、勇气以及担当）。

---

① 蒂耶诺：《亚里士多德的诗学：对编剧的启示》，第 32—72 页。
② 同上，第 109 页。

"这就是为什么，依照普遍存在的宇宙真理来构建行为是如此的重要——我们必须通过情节中的动作行为，来证实人类生存现状中的普遍真理。"[1]蒂耶诺这样写道。我们可以用一种全新的呈现手段来表现真理，我们引导着观众，呼唤他们回忆起这些真理，尽管这些真理可能存在于完全不同的故事条件下。以新颖鲜活的手法点明一个普遍真理，将会得到观众更多的支持。

关于这种新颖的表现手法，我的思考是：在保证故事整体性的基础上，将显性的前提设置成为对主观道德前提的一种隐喻或者象征。我们观看一个现实题材故事，它围绕着一个精神主观的真理，而我们对于这个真理的认识将会使我们产生情绪上的，乃至发自肺腑的顿悟——关于生命以及它的真意。这是一部成功电影至关重要的决定性要素，这也就是为什么在本书的第二部分里，我们需要从一开始就在心中明确结局，或是明确潜藏在表象之下的普遍真理，只有在这个基础上我们才可以开始构建情节。又或者，我们也可以先从一个引人入胜的情节入手，但在开始花费大量时间编纂详细的故事之前，先要探寻到其中的普遍道德真理，明白故事的真实意图是什么。以这样的方式，独立的情节元素将以一种含蓄的、微妙的甚至潜意识的方式汇聚在一起，共同指向电影的真实意图，如此，电影的每一部分都将最终成为一个整体。

3.3 迈克尔·豪格的"主题"

之前我们已经接触过迈克尔·豪格的《编剧有章法》一书，也了解了什么是他所谓的"主题"。而这里我还需要对其做一些额外的补充说明。主题，就如豪格所定义的一样，和道德前提非常的相似。在第五章中，我将具体说明一部电影的主题实际上恰好就是一半的道德前提，但在目前的探讨中，我们可以先假定道德前提与主题是一致的。

---

[1] 蒂耶诺：《亚里士多德的诗学：对编剧的启示》，第 109 页。

电影《勇敢的心》第二幕中威廉·华莱士的恩宠时刻。在被苏格兰皇室授予骑士称谓之后，华莱士告诉他们："我们之间存在着差异。你们以为苏格兰人民生来就是为你们效忠的，但我却认为你的地位是用来给所有人民带去自由的。我要去确认的就是，他们是否真的获得了自由。"1995，派拉蒙家庭娱乐。

　　对豪格而言，最伟大的美国电影既可以在主角的外部故事驱动下为观众带来娱乐上的满足，又能够通过隐藏在故事内部的行为让观众受到感染并从中领悟普遍真理。他写道："这种潜在层面的道德品行是存在于电影的主题之中的。主题是电影对于人类生存状况的普遍陈述，它作用于观众席上的每一个个体。"①

　　首先，请注意豪格暗示了主题是一个普遍存在的道德真理；其次，要注意它密切关系着故事对于观众的感染力。这两点的组合直接导致了故事与观众能否产生共鸣，而这恰恰就是故事具有重大意义的一个方面。② 思考一下电影《世界末日》（Armageddon，1998）中主角哈利·S. 斯丹普的客观现实诉求。他的客观现实目的是登陆一颗对地球造成威胁的小行星，然后炸毁它。然而"登陆小行星，炸毁它"这样的经历并不是一个普遍存在的主题（我们中很少有人能够拥有这样的冒险经历），只有潜藏在电影中

---

① 豪格：《编剧有章法》，第74—84页。
② 可参考第六章的"认同与道德前提"内容。

的主题（勇于牺牲的爱，荣耀，保护人类）才是普遍的道德真理，才能推及到无论地域、无论时代的所有人的身上。

豪格还建议编剧应该首先从主角的外部动机[1]入手开始自己的写作，等到外部的故事已经逐渐丰满、有血有肉了之后，再开始钻研思考故事的主题（或是内部历程）——这一点我也表示接受。豪格认为只有在剧本已经完成到第二稿或者第三稿的时候，才可以开始深入地探究主题。他的担心在于：如果一开始就用人为的方式将主题附加于故事之上，可能会破坏掉所有重要的外部动机或者情节，如此会让整个故事演变成为一部俗气的说教电影——同样，这其实也是我所担心的问题。

但我并不认为你应该一直等到剧本的第二稿甚至第三稿。在故事的第一稿提纲中，就可以开始对主角的外部动机做一些积极而有前瞻性的尝试，然后你可以在第二稿和第三稿的时候，加入道德前提的关联（或者主题关联）。就像我在后文中将要描述的那样，如果等到剧本的第一稿彻底完成之后才开始思考主要人物身上绑系的道德前提的话，将会出现相当次数的不必要的返工。

假如豪格所论及的"任何优秀剧本的基石是主要人物的外部动机"是正确的，那么道德前提就是这块基石上雕刻的铭文，指明着这块基石为何存在于此。外部动机与内在动机始终是捆绑在一起的，因为外部动机正是对内在动机的一次客观的隐喻。只有当我们知道了为什么这块基石竖立于此，我们才能明白应该如何讲述一个始终贯穿着单一普遍真理的故事。

3.4 悉德·菲尔德的"内在生活"

悉德·菲尔德（Syd Field）在他的著作《电影剧本写作基础》（*Screenplay: The Foundations of Screenwriting*）中提供了一种截然不同的视角观点，并随之引出了一个问题——我相信，这个问题都曾经对编剧们造成困扰，并带

---

[1] 澄清一下此处的语汇使用，豪格所指的主角的外部动机（outer motivation）即是我所说的显性前提——也就是主角的客观现实目的。

来长久的疑惑。

首先我要说的是，我十分尊重菲尔德的著作。他提出了大量的正确观点，并且多年来都在从事剧本筛选的工作，见识了许许多多的票房成功与失败。但是菲尔德的不足之处在于，他没有论述"如何将故事演变成剧本"这一创造性过程。菲尔德对于写作过程的论述包含了三个方面，分别是"背景故事（backstory）""来龙去脉（context）"，以及"视点（point of view）"。在接下来的探讨中请大家紧跟我的思路，虽然它们也许看起来和道德前提无关，但实际关系重大。之后我要论述的方法旨在帮助编剧们认识到，如何以一种自始至终都符合逻辑的方法来设定人物的背景故事、来龙去脉以及视点。

众所周知，编剧最重要的就是彻底地理解自己的人物，他们的每一个瞬间行为都是由他们性格中的多重面与复杂性决定的。菲尔德将人物做出决定的原因归结于他的背景故事、来龙去脉以及视点，这种理论如同一扇新开启的大门，但我想不会有编剧愿意走进去。接下来我会具体阐述这一点，并将菲尔德的观点与埃格里的进行对比，使它们统一归结在道德前提的系统之下。

菲尔德的"背景故事"

菲尔德指导编剧应该首先"呈现你的主要人物"，为他此前的人生写一个详细的人物小传，以此来了解人物在剧本所表现的外部故事中的内在动机——这一点建议是非常好的。在他书中的第三章，菲尔德列举了一系列关于人物的问题，你可以借此来提问自己。以下是对这些内容的部分摘录：

> 首先我们从人物的内在生活（interior life）开始。你的人物是男是女？如果是男人，那么在故事开始的时候他多少岁？住在哪里？……他拥有怎样的童年生活？……他以前是一个什么样的孩子？是一个友善的性格外向的人，还是一个细心的性格内向的人？……你的人物依

靠什么为生？……你的主要人物是独身、丧偶、已婚、分居，还是离异？……当你的人物一个人独处时他（她）都会做什么？人物的需求是什么？在你的剧本故事里，他（她）最想要的是什么？为你的人物设定一个需求。①

　　这些都是非常好的问题，值得我们一一回答。但是菲尔德并没有提示我们该如何按照故事的逻辑方式回答这些问题，这就好比任何的回答方式都是可以的。如果真是这样，那么你就可以自由任意，甚至是随机地创造了。许多编剧，包括我在内，都曾经花费了许多时间来回答菲尔德的这些问题，想让回答尽可能的有趣、时髦或是有创意。在完成这些之后，你可能会看着镜子无比自豪地说，"嘿，很伟大吧？我是个编剧了！"
　　但你迟早会在某一天开始感觉到疑惑，就像是有人往你的枕头里塞满了砖块，让你的思维变得沉重。你一开始也许并不担心，早上醒来之后照例用清水洗了把脸，来到写作桌前，放低座椅的靠背（这是第一条写作守则），为自己即将开始的创作过程加油打气，然后你调出了文档，将手指放到键盘上，开始等待灵感如泉涌一般倾泻出你的脑海，流淌到键盘之上……然而，然而……一个字都没有。一个字都没有！不断闪烁的光标让你昏昏欲睡。
　　也许应该在椅子上放一个更软的枕头？
　　依然……一个字都没有。
　　开车去兜风……去拉斯维加斯玩一趟再回来。"嘿，一定很有趣。"
　　回到电脑前。再加一个枕头？
　　空白。
　　突然的，所有那些无比火热的背景故事都像充满了干冰的水床一样冰冷无比。
　　编剧的困境！

---

① 菲尔德：《电影剧本写作基础》，第 28—30 页。

但是，为什么在完成了所有的背景故事设定工作之后，还会有困境呢？

原因就是，所有那些精致漂亮的回答对于故事的戏剧性而言几乎没有任何作用，尽管它们理应可以解答一切。"但是"，你会抱怨，"我想保留这些疯狂刺激的点子，它们都太酷了。"所以，你不顾一切地想要把它们塞进你的故事里，但实际上它们并不适合。这些砖块会把你的枕头套磨出窟窿，而你的水床看起来就像是撞沉泰坦尼克号的冰山。[①]

3.5　菲尔德的"来龙去脉"

菲尔德提出的第二个步骤就是创建一个"来龙去脉"，因为"人的观念是以一种混乱的、碎片化的形式而存在的，这让其真正成为一个活生生的、有血有肉的人"。混乱的（scrambled）、碎片化的（fragmented）——这些都是菲尔德原文中的用词。他写道"为你的人物设定一个需求"，并在这个过程中赋予人物"一个视点以及态度"。同样的，我很好奇，是什么来引导编剧设定一个需求、一个视点，或者一个态度呢？[②]

对我来说，这其实应该是一个倒推的过程。如果编剧真的遵循了菲尔德所言的步骤，那么就可以理解为什么会有那么多重写了二十多遍才完成的剧本。的确，背景故事在逻辑时间顺序上是发生在剧本描述的故事之前的，对于想要创造一个人物的编剧来说，是这些背景故事向整个剧本的主线提供了动机以及驱动力，所以编剧只有在对故事的真实意图有了一个绝佳的理解之后，才可能写出能够真正给予人物驱动力和目标的背景故事。如果编剧对道德前提略知一二，那么便能更有逻辑，并且更高效地完成人物的背景故事。如果你非常了解口碑与票房以及人物与它的关系，你便可

---

① 安德鲁·霍尔顿（Andrew Horton）在《撰写以人物为中心的剧本》（*Writing the Character-Centered Screenplay*）一书的第 83—85 页中做了相似的事情。相比起菲尔德，霍尔顿稍微提供了一些关于如何回答人物性格与背景故事问题的建议，但对于编剧来说这也好不了多少——霍尔顿写道："相信你本能的反应……他们（你的人物们）就应该是那样的。"

② "需求（need）"是比较正确的概念，而非"欲求（want）"。但是菲尔德直到很后面才提出"需求"这个概念，并且没有阐释它在精神主观上的重要性。

以快而有效的回答完菲尔德的所有问题，从而得到一个多维度的、富有明确动机以及冲突性的人物。

现在我可以公平地说，我怀疑菲尔德的理论是建立在一个假设之上，那就是热切的编剧们老早就已经知道的，人物的背景故事和如何回答那些冗长问题只是一种将人物变得更加生动鲜活的手段，帮助他们让这人物的特性更加可信，并且贯穿始终。换句话说，菲尔德也许认为所有热切的编剧们在把故事付诸于纸张之前，就已经在胸中勾画出它们的面貌了。如此便能轻易给出那些问题的答案，而不会以一种混乱的、碎片化的形式出现。诚然，的确是菲尔德本人使用了"混乱"、"碎片"这样的词汇，许多编剧也的确看到了这样的用词，于是包括曾经的我在内，无数的人都这样做了，却在编剧困境中像发呆的石像一样荒废了许多时间。

菲尔德的"视点"

菲尔德告诉所有热切的编剧们，要为人物设定一个详细的评估，明确是什么驱动着主角作出决定。这是一项出色的建议，但是菲尔德从来没有告诉编剧该如何精确地做到这些。而在我看来，他又的确是给出了很多具有误导性的建议。

当谈及人物的视点时，菲尔德论述说：罪犯的视点与警察的视点不同，富人的视点与穷人的视点也不同。但在讨论人物的行为时，菲尔德又写道：

> 在你的剧本中，可能你会一时间不知道你的人物在这一处境下该如何做。一旦出现这样的情况，你便可以代入一下你自己的生活，看看当你身处相似的情境下时，你自己会怎样选择。你自己就是你所掌握的最好的素材，要好好的加以利用。既然这一问题是你创作出来的，那么你就能解决它。[①]

---

① 菲尔德:《电影剧本写作基础》，第40页。

　　毫无疑问这会让编剧疑惑，并且被误导。如果我是一个博览群书、遵纪守法的市民，纵然我也是一个生活在贫困线边缘的职业编剧，我并不认为自己会是一个无知、懒惰的职业高利贷人的最好的素材来源。的确，身为一个编剧，我需要将自己假想成为一个无知的骗子来辅助我的写作，但是我更愿意首先去调研一下这种特定职业的生活方式，而不是从我自身截然不同的经历中凭空想象。

　　就像其他写作书籍中重复过无数次的问题一样，菲尔德也描述了如何写作不同的类型。如果你知道自己故事的走向，那么这些建议还是有些用处的；否则过早地接触菲尔德的建议，只能再次形象地说明为什么遵循他的策略指导反而需要花费无数时间、大量草稿才能写出好剧本。他写道：

　　　　当你在写作时，你会发现你总要花费 20 到 50 页的篇幅铺垫，才能水到渠成般地开始真正的与你的人物交流，他们会告诉你他们想要做什么，想要说什么。一旦你完成了这一项接触，和你的人物建立了联系，那么他们就会自然地将故事全盘接手。你只需要放任他们去做。[1]

　　上帝保佑那些采纳了这些建议的编剧们……假如上帝真的可以的话。菲尔德写道"了解你的人物是极为重要的"，因而你会聪明细致地描绘你的人物。然而，假设你已经将人物的背景故事都编撰好了，你亲密地了解这个男人或女人，接下来你开始让你的人物讲述故事，就像菲尔德建议的那样。可如果你的人物并不想按照你的故事思路来讲述，如果他们有自己想要讲的故事呢？你会就此放弃，让他们插上翅膀去自由思考吗？好吧，这只是个有趣的玩笑，但它表明菲尔德的建议依然是无效的，你可能并不会从中得到什么有用的东西。在这样的情况下，你不如直接找一个在线的股票交易商，买一只纸业公司的股票，然后开始计算你会打多少草稿或消

---

[1]　菲尔德：《电影剧本写作基础》，第 41 页。

耗多少纸张。因为这样的路只会让你越走越偏。

3.6 菲尔德 vs. 埃格里

现在让我们来对比一下菲尔德与埃格里的观点。

在埃格里关于人物的章节中，第一部分以"骨架结构（bone structure）"为题。在这个部分，他提供了一份详细的提纲，阐明编剧塑造一个丰富立体的人物所需要知道的所有事情。他从三个维度提出了 27 种范畴——生理学的、社会学的以及心理学的。[1] 菲尔德的问题和埃格里的骨架结构提纲十分相似，都指向了同一个目的——他们都旨在帮助编剧彻底的认识那个将要被戏剧化表现的人物。

而两人的不同之处在于，菲尔德没有回答如何将这些问题的答案与人物在故事中的行为联系起来，也没有回答道德前提，而埃格里做到了。他从章节的第一段就开始建立并且解释了他所谓的骨架结构。

> 在之前的章节中，我们证实了为什么（道德）前提是写出好戏剧的必要的第一步……如果我们想要理解一个个体的行为，我们就必须考察是什么动机迫使着他去这么做……考察人类行为的原因，追溯他根源上的动机，了解他个人的前提。在你的戏剧中，发生的任何一件事情都必须直接来源于那个被你挑选出来的、可以证明你的前提的人物，而这些人物也需要具有足够强大的力量，能够自发的证明这一前提。[2]

埃格里从不会像我一样直接地表达，但是他的意图是十分明确的：创造一个人物的背景故事，迫使他们按照你的想法上演剧情，自然而然地呈现出一幅富有悬念的戏剧图景，并且证明口碑与票房。

---

[1] 拉约什·埃格里：《编剧的艺术》，第 42—45 页。
[2] 同上，第 32—43 页。

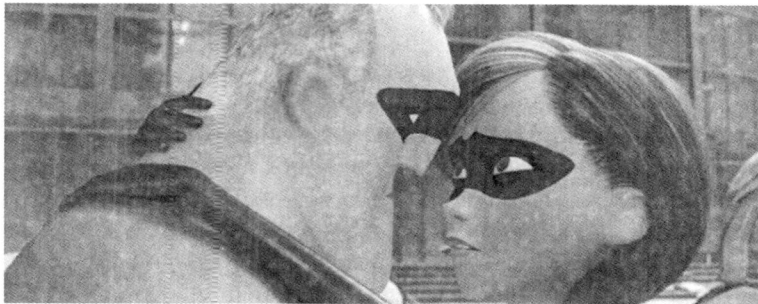

电影《超人总动员》中，海伦揭示了道德前提的秘密，她告诉自己的丈夫鲍勃："如果我们一起努力，那么你就不用一个人承担，不用非要变得无比强大。嘿，我们是超级英雄，我们是一家人。"2005，迪士尼公司／皮克斯工作室。

3.7　其他著作

时间和篇幅都不允许我再进行赘述，但仍旧有许多其他学者都在自己的书籍中指明了道德前提的作用。在克里斯托弗·沃格勒的《作家之旅》一书中，"道德前提"如同一味灵丹妙药，由英雄带回到凡间。尽管沃格勒和他的导师约瑟夫·坎贝尔（Joseph Campbell）将"灵丹妙药"的概念进行了拓展，容纳了一些客观现实事物，这些客观事物就像是沃格勒所说的"一种课程的学习，其力量可以治愈一片受伤的土地……它是我们从这一历程中收获的果实，将会带来深层的呵护、健康以及整个世界的完整"，①也如同坎贝尔所说的，"灵丹妙药"即是英雄回到他原来的世界中时，所携带的"生命变化的战利品……智慧的勋章，希腊神话中的金羊毛，又或者是他的睡美人"。②

在詹姆斯·博内特（James Bonnet）的《盗取众神之火》（Stealing Fire from the Gods）一书中，道德前提是"隐藏的真理"，是"故事的焦点"，是

---

① 沃格勒：《作家之旅》，第221—235页。
② 坎贝尔：《神话的力量》（The Power of Myth），第179页。

人物"不断地回避对立面，并始终追寻的某些重要价值"。[①] 而这一结构形式（不断地回避对立面，寻找某种价值观）恰好就是道德前提表述的方式，我将会在第五章中做具体的阐释。

琳达·西格（Linda Seger）在《编剧点金术》（*Making a Good Script Great*）一书中指出，编剧可以在故事中不断增加筹码，用以阻挠人物的精神主观需求（"needs"，与客观现实欲求"wants"的概念相对应），借此来与观众勾连，引发共鸣。在这一过程中，西格提点我们，主角必须做出改变，必须发生变化，这也恰好就是道德前提对待故事的要求之一。[②]

大卫·特罗蒂尔（David Trottier）在《编剧圣经》（*The Screen-writer's Bible*）一书中告诉我们，尽管核心人物拥有一个明显的有意识的目标，但"在它下方，还编织着一个更伟大的无意识的需求……那便是故事的核心，或者称为情感的主线"，[③] 他所说的也正是我们的道德前提。

尽管卢·亨特（Lew Hunter）在《剧本写作434》（*Screenwriting 434*）中只用了一页左右的篇幅谈论这一话题，但他引证了拉约什·埃格里的观点，即主题的重要性，以及埃格里的前提学说。在亨特题为"故事的真实意图"的一小段论述中，他引用了UCLA（美国加利福尼亚大学洛杉矶分校）教授霍华德·苏伯（Howard Suber）的观点"电影真正想要表达的并非情节"，进而表达了对埃格里的推崇，并强调了（道德）前提以及电影中的任一其他部分都必须"融合成为一个和谐的整体"，这个"整体"对于所有的观众来说都是普遍真实的。[④]

安德鲁·霍尔顿，在其著作《撰写以人物为中心的剧本》的"人物标注 #3"里提到了道德前提："在以人物为中心的剧本里，我们和人物都面临着重重困难，以及对立的道德选择。"[⑤] 请注意，霍尔顿将"我们"，也就是观众，和"人物"包含在一起，这表明了观众对于角色的道德认同的重

① 博内特：《盗取众神之火》，第51页，第128页。
② 西格：《编剧点金术》，第128—129页。本书中文版已由后浪出版公司出版。
③ 特罗蒂尔：《编剧圣经》，第24—25页。
④ 亨特：《剧本写作434》，第67—68页。
⑤ 霍尔顿：《撰写以人物为中心的剧本》，第7页。

要性。

最后，在达纳·库珀（Dana Cooper）的著作《创作伟大的电影电视剧本》（*Writing Great Screenplay for Film and TV*）中，道德前提就是她所谓的"戏剧方程"。库珀非常清晰地阐释了道德前提的概念，尽管她只用了短短的半页纸：

> 故事的"戏剧方程"就是它对于价值观的寓意或陈述。为了提炼出它的精华，你的剧本需要传达这样的信息："这个人物加上这种改变，必然会等于这样的结果。"就像一个代数方程，故事内在蕴含的动态性必须得到加成，并且发挥作用。隐藏在一系列改变背后的内在逻辑必须始终坚守着，以此让观众获得一种明晰并且完整的感知。观看的人并不会意识到这个方程式，除非他们想要清楚的阐释他们对于电影的理解。如果他们真的这么做了，那么你便会惊讶地发现观众如何清晰地分析出你电影的表达核心。[①]

我在1994年至1998年期间开始对电影的形式进行研究，一直到今天仍在继续，它为我提供了大量强有力的证据来证明库珀的结论。简单地说，我发现在"电影贯彻的真实道德前提"与"商业票房成功"这两者之间，存在着一种直接的相关性。这一发现与库珀所说的"故事内在蕴含的动态性必须得到加成，并且发挥作用"达成了部分的一致。观众不会对一部电影的道德前提有清醒的意识，但是他们对于电影的整体感知以及共鸣的产生，都依托在道德前提之上。

至此，说得已经足够多了，道德前提的概念几乎无处不在，而原因是极为简单的：无论编剧想要如何构建自己的童话故事，道德前提都伫立在故事讲述最自然的根源之处，尤其是对电影而言。而这种"自然"的特性，正是下一章将要讲到的核心内容。

---

① 库珀：《创作伟大的电影电视剧本》，第77页。

练习

（1）列出一张关于写作的书单，对比每一位作者是如何指代道德主题与前提的。

（2）描述编剧应该怎样应用菲尔德的背景故事问题来塑造一个清晰明确的人物动机。

（3）从第一章提到的价值观列表中选择一个，也可以用你自己的价值观，为人物银幕上的生活设计三个能引发价值观形成的背景轶事。你的描述可以作为一部短片的基本要素。

（4）选择一位你喜欢的电影中的人物，然后回答埃格里提出的关于这个人物背景故事的问题，阐释这个人物的价值观是如何通过他的背景故事形成的。

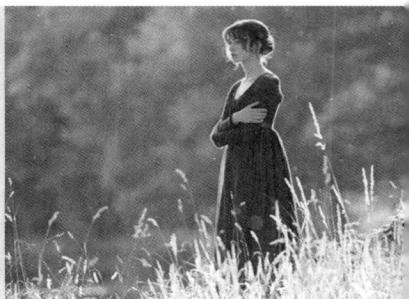

Chapter 4

讲故事的自然法则与过程

STORYTELLING'S NATURAL LAW
AND PROCESSES

4.1 自然法则

仿佛呼入一缕清新的空气，又或是随心所欲地漫步于天际——好的故事之所以吸引我们，便是因为它们有着类似这样"自然而美妙"的特性。在这些故事的骨架中，都蕴含着某些东西，我们认定它们是这个世界运行方式里的一个自然环节，因而被顺从的拉进故事情境里。好的故事讲述起来就像一个"环"，始终围绕着我们身为人类的那些真实经历。

尽管并不能完全了解物理学和心理学的特定法则，但我们至少知道有些东西是真实存在的，对此我们坚信不疑。好比我们迈出悬崖，就会摔落到崖底；又如同朋友间的欺骗一旦被揭露，以后就很难再获取信任——即使谎言没有拆穿，我们也已失去了对自己的信任。归根到底，这其中都有一个因果关系，是我们可以自然预期并且遵守的。地壳板块之间的相互摩擦会带来地震、海啸以及其他的现实后果，而人与人之间的相互摩擦会带来争吵、怀疑，以及其他的心理症结。身为编剧，我们不一定非得始终明白讲故事的自然法则，但我们可以理解的是，每一个行为（action）都会有一个自然的反应（reaction），每一个起因（cause）都会有一个自然的结果（effect）。

　　国家的也好，宗教的也罢，没有任何一套人为的法规能够界定出自然的法则。由宗教组织、政府部门或者科学机构写就的法规，仅仅编撰了立法者们自身认定的所谓自然真理。而实际上，真正的自然法则就在那里——它伫立在我们的现实世界之中，构建在我们每个人的精神思维里。[①]

　　另一方面，尽管人们并不需要依靠牛顿理论体系中阐释万有引力的数学公式，也能证明它就是真理，但书写下一条法则并且充分地理解它们，的确有助于我们和自然界更简单、有效、安全地和谐相处，例如我们借此发明了过山车、飞机、高楼大厦，甚至还有水塔。这也如同绝大多数的人并不需要政府的法律条文来告诫他们欺骗、偷盗甚或谋杀是错误的，以及这些行为会带来的下场，但是编撰法律并且制定相对应的惩罚措施，有助于保障一个更加秩序井然的社会。[②]

　　换言之，这其实就是本书的目的之所在——阐释讲故事的诸多自然法则之一，即有关道德前提（moral premise）的自然法则。在此，需要首先引入道德前提的形式（form），它具备的自然法则，以及三个推论（corollaries），它们共同构建了一部电影能否获得票房成功的基础。

　　　　道德前提的一般形式：道德缺陷（vice）造成不合意的结果；而美德（virtue）带来期望的结果。

　　　　道德前提的自然法则：故事符合一个"真实"的道德前提，电影必然成功。

　　　　推论 A：故事不符合一个"真实"的道德前提，电影必然失败。

----

① 遵循自然的生活带来安定与和谐，违背自然导致危机与冲突。显然政府并未明确的说明这些，但是所有法律的基础，尤其是司法审判系统的作用，都在于裁决是否"公平"或"公正"，以及判决的结果是否与罪行程度相符。"公平""公正"的概念和"自然（naturalness）"是同义的。这种评价体系其实是对人与人、人与自然之间的和谐进行的一种分辨评断，并将其纳入人类社会的法则条例。同样的，天主教的教义也是在试图揭示物理界和心理界的自然真理。这就是为什么天主教常说它并没有改变教义的权力，也就是说，他们并不能改变自然法则。

② $Fg =（GM1M2）/ D2$ 这里 M1 和 M2 指代的是物体的质量，D 是两个物体质点之间的距离，G 是一个常数，叫作"万有引力常数"（Newton's Universal Constant of Gravitation）。

在他被释放前，鲁宾·卡特向莱丝拉述说自己的经历，而这也是影片《飓风》（*The Hurricane*，1999）中的道德前提："仇恨把我抛进监牢，而爱让我重获自由。" 2000，环球影业。

　　推论 B：任何"虚假"的道德前提的使用，导致电影必然失败。

　　推论 C：目标观众决定了道德前提的实际内核。

　　这些推论都将在后文中进行详细的阐释，而推论 C 有必要在这里做一些补充说明。最为成功的电影都是关于普遍真理（universal truths）的，它们作用于所有的人群、所有的地域，贯穿所有的历史时段。然而这并不意味着，当一部电影的道德前提所对应的目标观众，是一个拥有着并不普世的道德信仰的特定群体时，它就不能成功。面对特定观众（a niche audience）的故事同样可能获得成功，但是，和那些拥有普世的道德前提的电影相比，它们的成功要局限得多。

　　从某种程度而言，假使我的观点是正确的，而你并不想理会这个法则，你的故事可能是关于一些并不自然的事情，那么它必然会对票房产生负面影响。相反，我是正确的，同时你也遵从了道德前提的法则，那么你的故事将会更容易被大众接受，同时它也将带来丰厚的票房奖励。

　　所有这些围绕道德前提的法则都是大有裨益的，它们阐释了数百万年来就存在的东西，以及如何借助这些自然存在的现象，撰写成功的故事。

4.2 自然进程

在我看来，当下的许多成功故事并非是基于对道德前提这一自然法则的自觉而创作的，因此我们完全可以提出这样一个问题：当编剧并非真实而清楚地了解什么是道德前提，以及道德前提的使用法则时，这些故事是如何被撰写出来的？

首先，成功的故事总是不断地遵循着"善与恶""因与果"这样的书写模式，事件是可预见并且可重复的，而这一点也足以证明讲故事必然有一套自然的法则。其次，我们阐释并且提供一种运用法则的手段，并不意味着这项法则就不能以其他的方式使用。成功的编剧并不是非得了解讲故事的规则才能成功，就如同幼小的孩子在学习走路时，并不需要懂得动态平衡的物理原理。尽管我倾向于认为，编剧能掌握规律会更好，但我也承认，动态平衡的物理原理仅仅对那些想要设计出能够双腿行走的机器人的工程师们才有意义。

诚如我所言，本书的第二部分是关于如何操作、应用自然法则的论述，因此也许更适合用左脑思考的人。在现实中，大家也许普遍认为右脑能够独立完成许多创造性的工作，而我并不这么认为。并且这种观念对于左半脑思维的排斥与边缘化，会让人误解在艺术创作中，任何有意识的线性编排都是毫无意义的。尽管许多好莱坞的编剧抑或其他的艺术家们，都是凭借非理性的、天马行空般的方式创作出伟大的作品，我仍然坚持向你们描绘另一种创作手法，它将证明左脑的理性编排过程将会和右脑的感性创意过程效果一样好。

审阅与修改

成功的编剧可以通过审阅与修改的方式，触及到一个故事真正的道德前提。我曾因为要写电影论文，而获得了采访电影编剧、导演抑或制片人的机会。其中有一位作品繁多的编剧，他的名字后面跟着一长串的电影名单。终于他在自己的某一部编剧作品中，获得了担任导演以及联合制片人的机会，这部电影还启用了一线的明星充当主演。当我看到这部电影时，我认为它的故事结构非常出色，并且立足于一个非常清晰的道德前提之下。整部电影的规划中有一种清晰的"独立电影"的辨识性，尽管它永远不会被大量发行，但是它获得了更具有意义的评论界的赞誉。它具有思想性和创造力，并且电影中的每一个元素都整齐划一的围绕着口碑与票房——它就是由埃德·所罗门（Ed Solomon）编导，比利·鲍伯·松顿（Billy Bob Thornton）、摩根·弗里曼（Morgan Freeman）以及克里斯汀·邓斯特（Kirsten Durst）主演的电影《乞赎的灵魂》（*Levity*，2003）。

当我采访埃德时，我发觉他完全没有意识到这部电影的道德前提，也没有意识到电影中每一个角色的轨迹、设置、冲突以及大部分的对话，都拥有一种系统性的、聚焦本质的特点。而在我看来，正是以上这些要素，使得这部电影让不同阶层的大众都深有感触。我为此写了一篇文章，发表之后也抄送给了埃德。电影《乞赎的灵魂》的道德前提是："（尽管）真相会带来（境况的）变动，但是欺骗将导致绝望。"电影的每一个元素都指向这个事实包括情节、每一个主要角色在物质世界以及精神世界中的行动轨迹、特效、美术指导、机位，以及布景、灯光甚至背景画面的朝向等等。他看到我的论文之后，第一反应是惊喜，因为所有我在电影中看到的这些东西都是的确存在着的。他声称自己并非自觉地、有意识地将这些元素拼合在故事之中，他只是逐渐地领悟到，它们就应该出现在那儿。

之后的几个星期，我们一直通过邮件继续交流，而我也因此逐渐确认了埃德在创作自己的导演处女作时，所采取的方式——我将它定义为"审阅和修改"。他会写下自己的故事草稿，然后发送给他的朋友，或是一些类似弗里曼这样的有潜质的演员。接受到这些人的回复意见之后，他会吸纳并重新修改剧本。这种方式持续了很长一段时间，剧本也因此修改了无数次。这批读者们会指出一些需要注意的地方……埃德做出修改……继而再次发给他们审阅。越来越多的建议，越来越多的修订，就是凭借着这种方式，故事的架构在缓慢的成型。这一连串行为的结果就是，弗里曼和松顿都对他的剧本产生了一种无比强烈的共鸣，于是《乞赎的灵魂》成功诞生。

　　我看了许多遍《乞赎的灵魂》，并且和埃德有了深入的讨论，在此之后，我相信如果他能够提前设置好故事的真实内核，他的剧本就能更容易的让演员、制片人以及发行商产生共鸣。他与他的朋友们一样，对于"故事里什么是有用的，什么是无效的"拥有一种潜意识的感知。随着时间推移，无数次的审阅和修改，这种感知最终创造出了一部令人折服的电影，强有力地运用了能够被广泛接纳的真正的道德前提。①

直觉与潜移默化

　　编剧同样可以依靠自己的直觉创造出真正的道德前提。我曾与好莱坞另一名极具天赋的编剧一起工作——道格拉斯·劳埃德·麦金托什（Douglas Lloyd McIntosh），曾经为史蒂文·斯皮尔伯格（Steven Spielberg）、迈克尔·曼（Michael Mann）、弗朗西斯·福特·科波拉（Francis Ford Coppola）等导演撰写、制作故事脚本。我和道格拉斯一起共事数月，为我当时所在的公司计划筹备的一系列故事脚本归纳 2000 字的故事大纲。道格是个易于相处的人，并且善于泡制用肉桂做装饰的神奇茶饮！可惜的是我们的工作方式大相径庭，经常会给双方都带来极大的困扰。

　　我曾试图统一我们的决策，借由本书中已经翔实介绍过的埃格里的前提理论及其衍生观点，但道格却劝我不要冲动，他担心我的处理方式过于死板僵硬。用他的话来说，"我必须得将你从悬崖边上拽回来。"尽管他也察觉到，"彼此的不同形成了两人间良好的互补，我们各自从不同的角度、不同的方向进行考量，并最终精准地挑选出更好的故事。"②

　　在对角色的动作行为做出任何判断之前，道格习惯于首先"探索"或者"了解"这个人物本身。我则喜欢先弄清楚人物的心理状态或者故事背景，以判断人物的动机。如此归纳，可以看出我们两人的截然不同。简而言之，道格的处理方式是出于直觉本能的——他具有一种能力，能够以类

---

① 电影《乞赎的灵魂》从来没有获得过与之品质相符的发行。我怀疑这是因为发行商们并不了解这部电影的道德前提，也不知道如何将这部电影的真实内容传递给正确、恰当的市场。
② 道格拉斯·劳埃德·麦金托什（Douglas Lloyd McIntosh），私人访谈，2005 年 2 月 10 日。

似格式塔 ^① 的整体方式，体验那些虚构故事中人物的生活，而我做不到。在与我共事的过程中，他一直担心我会"过分地依赖故事结构的规则……而限制了创造力，有可能会导致一个单薄的、平面的、没有任何说服力的人物出现"。他的这种担心也是很有道理的。

回头细想，道格这种出色的直觉能力，应当得益于他常年浸淫在各种故事之中。他的公寓紧挨着西木公司（Westwood），里面的架子上堆满了不计其数的书籍，有些甚至还带着崭新的图书馆封皮——这就是他成千上万个小时的阅读成果。几十年来，道格每个星期至少阅读一本书……包括虚构的小说以及纪实类的书籍。他的图书收藏可以让一个小型的城镇图书馆相形见绌，屋子里的每一面墙都被书籍占据了，几乎没有剩余的空间，这一点让圣莫妮卡（Santa Monica）的图书管理员们都极为称道。

更值得一提的是，小时候的他几乎每周都要看七部电影，平均每天一部。一直到四十岁之后，这个习惯都始终保持着没有松懈。他在给我的信中写道：

> 当我在纽约大学（NYU）电影学院学习的时候，麦克·克拉克（Mike Clark，当今美国一流的电影导演）带领着我创下了一天观看八部电影的最高纪录！第一部是在现代艺术博物馆，上午八点开始，一直到最后一部，凌晨一两点钟位于纽约洛克菲勒中心附近的城市电台音乐厅（Radio City），我们一直搭乘地铁在各个地点间穿梭，最后还带着一堆 16 毫米胶片回到了他的公寓，其中有一部西席·地密尔拍摄的风格华丽的彩色电影《野风》（Reap the Wild Wind）——大概这是疯狂的一整天里，我唯一记忆犹新的名字。

道格对于优秀故事的"直觉"是生来就有的么？他并不这么认为。这

---

① 格式塔过程要求的是研究某一个实体的"完形"，并且该"完形"并不能以独立的部分被研究、感知。我的思维方式是研究部分，然后考察它们是如何组接在一起的；但是直觉的思考者从一开始就是"完形"地感知整体。这是一种真正的天赋。

是他常年将自己浸泡在"成千上万的故事"里的产物，无论好坏，无论杰出抑或平凡。换句话说，对于故事（以及口碑与票房）的敏锐直觉，是可以通过潜移默化的培养获得的——只要你始终将自己沉浸在艺术里。

听从自然安排

对于某些编剧而言，发掘真正的道德前提有时候是一个听从自然安排的过程。或许他们并不能明确地表达出来，但他们对于人类本性及自然法则本身，的确有一种与生俱来的理解力。他们知道事情是如何按照期望前行的，就像那些少年神童可以将只听过一次的钢琴曲完整无误的弹奏出来一样。

一个月以前，我为一名十七岁的年轻人拍摄影片，在我看来他非常善于演奏古典钢琴。看着这个年轻人的手指在键盘上飞舞跳跃是一件令人无比惊叹的事情，他的手指迅捷到我的视线几乎无法跟上，他似乎可以在没有音乐伴奏提示的情况下，毫不间断地弹奏数个小时。他是他们高中的骄傲，在他头上已经顶着许多洲际比赛的冠军头衔。我猜测这个叫作乔纳森·米施（Jonathan Misch）的男孩，一定接受过专业训练，并且至少从五六岁起就开始练习钢琴。可是当我询问他时，他却告诉我他小时候的确曾经想过学习钢琴，但是因为家庭经济上的原因，直到四年前，也就是他十三岁的时候才开始真正接触钢琴课程。那一年的某天，他跟随母亲一同去看望一位学琴多年的表亲，正巧那位表亲在为如何弹奏一首钢琴曲犯难，于是乔纳森动了念头，想要自己试一试……三十分钟后，在他们即将返家之前，乔纳森就学会了如何弹奏整首曲子，此举震惊了现场所有人。正是这件事情改变了母亲的想法，让她决定担负乔纳森的钢琴学费。

有些人可能会发现，他们自己仿佛是被"规划入"某个特定的领域或者职业之中的，不仅因为这些领域对他们而言要比别的东西都来得简单，更是因为有某种力量持续地驱动着他们，在这项事业上不断地努力进取。这些人之所以能够胜任这些工作，仅仅因为他们"能够"……简单地、出色地，并且顺其自然地完成。这个能力就存在于他们的血缘中。

机器人终结者阐明了电影《终结者2》（*Terminator 2*，1991）中的道德
前提："萨拉：一切都结束了。终结者：不，还有一块芯片……（他指
着自己的脑袋）……它必须被销毁。"1991，艺匠家庭娱乐。

我有一个朋友，现如今他已经是一位在举办全国巡展的艺术家了。他
向我描述了他是如何在大学的第一年，就做出了要从医学专业转而研究艺
术史的决定。他在信里写道：

> 我非常刻苦地钻研有机化学，但仍然无法彻底领悟它们。在大学
> 第一个学期里，我还选择了一门艺术史选修课。和化学课完全不同的
> 是，有关艺术史的资料我可以只读一遍就记住并掌握，而且在头脑中
> 留下深刻的印象。我发现自己在学习艺术史的时候是能够全神贯注的，
> 直到今天依然如此。就好像是我曾经经历了一场严重的健忘症，然后
> 我遇到了一位相识一生的挚友，所有的前尘往事一下子翻涌上来，这
> 种感觉非常好。而在我学习化学和数学课程时，总有一种我不得不将
> 它们强制性地敲打进脑子里的感觉。所以我申请了转入艺术学院。[1]

而今，道格拉斯·布尔卡已经成为一名出色的艺术家，举办自己的
全国巡展，并且受雇于一所重要的国家级艺术博物院。他找到了对他而言

---

[1] 道格拉斯·布尔卡（Douglas Bulka），私人访谈，2005年3月17日。

"听从自然"的东西，并且遵从于它、致力于它。

斯蒂芬·金（Stephen King）的职业发展也同样如此，尤其是他早年陷于贫困的那段日子，几乎呈现出一幅相似的图景——他无法以同等的热情和信心去做任何其他的事，除了那专属于他的小说创作。写作于他身上自然而然地发生，并始终给予他无穷的动力。

天　赋

察觉到真实可信的道德前提，并且在故事中借鉴、应用，这同样也是一种原始天赋的作用结果。我们都知道"天赋"是什么，因为大多数人都崇拜那些擅长表演、歌唱、舞蹈，或者能够用琴键、画笔让我们目眩神迷的人。天赋，从这些人掌心的调色盘、嗓间的颤音，甚至是毛孔的舒张里渗透出来。好莱坞最近的一次生日舞会上，我为一名美丽的歌手、作曲家、演员和舞蹈家感到无比惊叹——没错，她同时兼具这些身份。塔蒂阿娜·卡梅伦（Tatiana Cameron），她在艺术上极有天赋，同时她的丈夫马特，也具有照看生意与孩子的天赋——当然，在母乳喂养这一方面，他仍然得寻求帮助。这种结合是非常美妙的。而在这次舞会上，貌似他们有不少朋友都会弹钢琴。（竖式钢琴就放置在墙边，每一位表演者上前演奏时，都需要靠墙而坐。手指在键盘上飞舞的同时，把目光投向所有的嘉宾。）塔蒂阿娜的这些朋友们似乎可以弹奏或者演唱任何曲子，仅仅凭借着记忆，以一种最原始、最纯粹的艺术家风格呈现出来。这个美妙的宴会一直持续到很晚才结束。天赋是无处不在的。艺术家们也许会说，这是他们辛苦练习的结果，但只要我们也曾尝试过，就会发现这实际上是他们与生俱来的东西。

坚毅与汗水

坚毅与汗水，同样可以挖掘出故事里真正的道德前提。举一个兰斯·阿姆斯特朗（Lance Armstrong）的例子。他不是什么出名的作家，但或许作家们可以从他骑行攀越陡峭山峰的经历中收获到坚毅的力量。的确，亲眼目睹兰斯骑着一辆自行车，爬上法国境内的阿尔卑斯山（或者洛杉矶的峡谷大道），是一件令人无比振奋的事情。世界上能够驾驭自行车运动，天生拥有这种强健体魄的男人并不多，而他是其中的翘楚。但是仅仅拥有这样的运动基因是不够的，兰斯凭借着坚强的毅力，克服了沉重的伤痛以及癌症的折磨，长年累月地进行艰苦训练。他有着成千上万的拥护者，他们的手臂上都佩戴着一个黄色的"LIVE-STRONG"腕带——那成为了坚毅的标志。兰斯曾经写道：

> 明艳的黄色，在清晨将我唤醒。
> 明艳的黄色，促使我每天跨上自行车。
> 明艳的黄色，教给我牺牲的真谛。
> 明艳的黄色，让我经受考验。
> 明艳的黄色，便是我存在于世的信念。

没有牺牲与付出，坚毅本身一文不值；没有痛苦的历练，汗水也毫无意义。仅仅拥有出众的血统还远远不够，一个优秀的选手要能顽强地跨越所有苦难。兰斯的训练之所以能够取得成效，无非是因为他在寒冬腊月里也仍然坚持训练，挥洒汗水，而他的对手们呢？此时此刻或许都还沉醉于街角的酒吧中。兰斯领悟到自己生来就带着坚毅的信念，并且一直坚守着这个信念，永不放弃。

这对于编剧以及其他的创作者而言，也是一样的。爱迪生（Thomas Edison）曾说过，"天才是什么？天才就是百分之一的灵感，加上百分之九十九的汗水。"许多成功的编剧也许无法生来就拥有令人艳羡的创作天赋，但是他们通过坚毅与汗水的锻炼，同样能散发出耀眼的光辉。

以上我所讲述的每一点，其实都是一种激励。它们揭示了完成一项事情可以通过一系列不同的方法，它们证明了世间存在着无数条路径，指引着我们获得成功。我从不会宣称某一条途径会是唯一的和最好的，而且我会再一次的强调，真正重要的并非是你所追寻的方法，而是你实实在在所获得的结果——将真正的道德前提，融入作品的每一个元素中，这才是最本质的目的。

现在已经有了足够多的史论学说，以及我对大家的激励鼓舞，接下来让我们着眼于道德前提的细节构造，看看它内部的每一个零件，究竟是如何运转的——这也是下一个章节即将论述的内容。请记住，接下来的这些剖析或许无法完全适用于你，但是凭借着对这些内容的学习，你至少可以对道德前提有一个粗略的了解，明白它究竟是如何将电影里的元素自然衔接在一起的。在此基础上，你便可以探寻如何以你的独特方式，创作一部伟大的作品，完成一部成功的电影。

练习

（1）什么是本章节所论述的"讲故事的自然法则"？用你自己的语言阐释。

（2）列举四个可以让编剧成功创作出使大众产生共鸣的故事的原因或是感性技巧。

（3）研究某位有已出版作品的小说家或编剧的写作生平，写一篇关于他是如何结构故事的短文。可参考詹姆斯·A. 米切纳（James A. Michener）的《写作手册》（*Writer's Handbook*）一书。

（4）围绕创作的过程、艺术家的努力等关键词搜集文献，并列出其他学者对于如何创作出使大众产生共鸣的作品的建议。可参考文献：盖·克莱希顿（Guy Claxton）的《兔子的头脑，乌龟的心：如何思考得越少却越智慧》（*Hare Brain, Tortoise Mind: How Intelligence Increase When You Think Less*）、特怀拉·萨普（Twyla Tharp）的《创作习惯：一生的学习与应用》（*The Creative Habit: Learn It and Use It for Life*）、唐·霍尔（Doug Hall）的《颠覆你的思维》（*Jump Start Your Brain*）、托尼·布赞（Tony Buzan）的《左脑与右脑的协同》（ *Using Both Sides of Our Brain* ）、艾利克斯·奥斯本（ Alex Osborn ）的《运用想象》（ *Applied Imagination* ）以及马丁·加德纳（ Martin Gardner ）的《惊讶的洞察力》（ *aha! Insight* ）等等。

Chapter 5
道德前提的结构设置
STRUCTURE OF THE MORAL PREMISE

5.1 道德前提的形态

　　道德前提的确可以用不同的方式进行归纳与提炼，但它也有一种更有效并且更容易理解的特定形态。该形态由四个部分组成：一个指向美德的语汇（virtue），一个道德缺陷的语汇（vice），一个良性的结果（success），一个恶性的结果（defeat）。以上四个要素，可以分别从客观现实与精神主观的双重层面上，准确描述一部电影作品的真实内涵。以下就是"道德前提"的结构形式：

　　　　（道德缺陷）引起（失败），而（美德）带来（成功）。

　　这里我们列举两个例子。首先是电影《城市滑头》，它的道德前提是：

　　　　自私自利最终会引来痛苦与焦虑，而无私无畏将会带来幸福与欢愉。

　　另一部电影《虎胆龙威》的道德前提是：

> 无止境的仇恨报复导致死亡与毁灭，而勇于牺牲的爱将带来新生与荣耀。

当然，在后文中我还会提到，道德前提的这一公式在表述上也存在着一些微妙的差异，但这四个元素彼此之间的联结关系是稳定的。

5.2 主题与道德前提

如果我们简单地概述道德前提，通常会将它等同于一部电影的"主题"。例如电影《虎胆龙威》的主题，可以用道德前提的其中一半来表示：

> 无止境的仇恨报复导致死亡与毁灭。

或者是：

> 勇于牺牲的爱将带来新生与荣耀。

对这部电影的主题还可以有许多更富诗意化的表达，它们一样是可取的。例如我们可以说《虎胆龙威》讲述的是：

> ……真爱不死
> ……一个不讨喜的男人，也可以凭借他的善良正义战胜强大而贪婪的恶魔
> ……勇士斩杀恶龙，赢得公主真心
> ……坚毅的心终将获得救赎。

然而严格地说，即便故事的主题表述得再华丽，再精练，它依然只说出了故事的一半内容。就拿电影《军官与绅士》来说，它围绕着一心想要成为海军军官的扎克·梅约展开。故事中，男主角的客观现实目的之一，

就是在有着"枪炮中士"之称的训导员福里的严厉监管下，顺利完成在军官预备学校的学习。同时，扎克和他的室友席德还有另外一个目的——与当地那些一心想要嫁给军官的平民少女展开一段感情。席德遇到了琳娜，扎克则看上了宝拉。在军官预备学习里，扎克最大的障碍就是训导员福里，因为福里最希望看到的，就是这些预备学员们中途放弃；而在扎克与宝拉的关系中，最大的障碍就是宝拉希望得到一个结婚的承诺，但扎克无意于对任何人承诺，因为他的父母就从未承诺彼此，也从未对他承诺过什么。这让扎克从小就认定，每个人在这世界上都是孤独的。

豪格这样归纳电影《军官与绅士》的主题：

> 为了更加高尚，必须真诚地将自我交托给他人，但绝不能为他人盲目牺牲。[1]

"但绝不能为他人盲目牺牲"，这一句脱胎于故事中的第二主角（即扎克的室友席德）的生活轨迹，但它却无法描述其他的主要人物（尤其是宝拉）的故事，因此在我看来，这一句的出现就如同一团阴云迷雾，笼罩着整个故事主题。如果将这一句话剔除，剩下的部分也许更加的聚焦于主旨，并能更好地切合"一半"的道德前提。我们调整一下豪格的表述：

> 真诚地将自我交托给他人，最终带来更优质的生活。

看起来好了很多？但它同样只表达了故事的一半内容——积极正面、具有激励作用的那一半。扎克·梅约的确是在故事的最后，明白了他必须真诚地将自己交托给他人（他的朋友、恋人，甚至是那位严厉的训导长）。然而此前的大部分故事里，他的决定无一例外的都是以主题的相反面为基准的。从小到大，父母的狂妄自大以及悲剧般的生活经历，都为扎克的价值观带来了不良的影响，这使得扎克始终无法真诚地呈现自我。母亲因为服下

---

[1] 豪格:《编剧有章法》, 第 67 页。

一整瓶药物而死去，之后扎克便被送到他一直疏远的父亲身边生活。地处菲律宾的一所小公寓，楼下就是妓院，他的父亲拜伦·梅约是美国海军的一名小头目，并且显而易见的，也是楼下妓院的"皮条客头目"。扎克无法真诚地对待朋友，他的生活也因此顺理成章地跌入低谷。

如是所闻，主题可以书写得无比华丽与精练，但就其功能而言，它仅仅说明了一半的故事。尽管它可以透露故事中主角的归宿（这也正是主题的神奇功能之所在），但它却无法说明主角的来处，以及他在探索过程中必须克服的重重障碍。换句话说，主题无法阐释主角在物质世界与精神世界里的矛盾冲突。知悉并且目睹主角如何冲破黑暗，这才是故事的力量之所在，它让人物变得卓尔不群，并且带给观众无限的激励与鼓舞。

那么，究竟是什么赋予了《军官与绅士》如此强大而感人的力量呢？就是包含着两部分完整内容的道德前提，对良性面与恶性面的双重验证。故事一开头，扎克只为自己着想，利用周围的人谋取私利，这让他陷入了与室友、恋人以及训导长的重重危机。扎克十分聪明，能够察觉并避免种种危机，但尽管如此，他也不足以领悟到正是他的狂妄自大，招致如此多的厌恶与憎恨。"我不需要任何人帮忙"便是狂妄自大者的心里独白。与此同时，我们看到席德真挚单纯地信赖着他那自私的父母，以及一直在利用他满足私欲的恋人琳娜。席德将自己交托给了错误的引导，他的生命也因此而走向绝望，不得不以自杀告终。席德的死，给了扎克沉重的一击，如同警钟一般，成为了扎克人生的转折点（在后文中，我将以"恩宠时刻"这一定义来详细阐述它），而它也始终逡巡在道德前提的范畴里：

> 对他人的自大与虚伪，终将带来绝望与毫无意义的生命，而真诚地将自我交托给他人，最终会收获希望与更优质的生活。

或者再精练一点：

> 自欺欺人只会带来绝望与死亡，而真诚地对己对人，终将获得希望与新生。

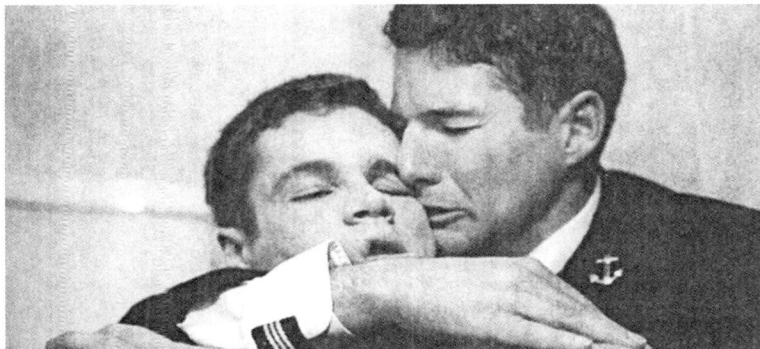

电影《军官与绅士》中，扎克抱着席德逐渐冰冷的身体，如遭重击。
也正是在这一刻，他终于领悟到了道德前提中的恶性面："自欺欺人，
只会带来绝望与死亡。"2000，派拉蒙影业。

考虑到"友谊"以及"朋友"一词在电影中经常出现，因而《军官与绅士》的道德前提还可以表述为：

真诚的友谊与引导可以带来希望与新生，而虚伪的友谊与引导最终导致绝望与死亡。

需要再三强调的是，道德前提中的两个判定句是严格相对的，这样是为了清晰地阐明电影中所有的决定与行为，包括主角（以及多主角）、反射或镜像角色、敌对角色等等，他们通过对比反衬或直接揭露的方式，有效地点出了蕴含在情节里的力量。

在每一部出色的戏剧作品里，都蕴含着成熟、正确的道德前提的力量。它完整地呈现了故事矛盾冲突的缘起，相比之下，主题则仅仅解释了一个方面。在大多数的成功电影里，主角首先都是朝着错误的方向扬帆起航，直到他学会并领悟了真理，继而再以正确的方向步入结局。与之类似的，在电影中也会有主角的朋友，或者和他相关的角色，他们有些会遵从道德前提的良性面，有些则遵从道德前提的恶性面。在这样的验证方式之下，故事主角以及所有观众都被激励并鼓舞着，开始追寻更好的生活。

同样，道德前提的两个方面也能帮助编剧本身，更加清楚地掌握、知悉电影中每一个主要角色的故事轨迹，或者发展走向。这使得整个创作工作有了一个集中目的，以此引导着所有的故事细节都围绕一个中心展开。我们会在后文中看到，任何一个主要角色都会以某种特定的方式，面临由道德前提揭示出的真理所带来的考验，而道德前提最终如何影响他们的命运，则完全基于角色自身做出的选择。如若他们决定遵循道德前提中的良性面，便会有积极的物质与精神结果；反之，如若他们遵循道德前提中的恶性面，便会有消极的后果。无论良性还是恶性，物质还是精神，这些结果都是剧中人物的主观诉求，也是他们的主观目的，它们也共同构成了整部电影的精神脊柱（psychological spine）。

接下来请允许我用简洁的篇幅，详细揭示以上这些关系，并且阐明道德前提如何作用于整部电影的剧作结构。

5.3 主线及诉求的主客观本质

在电影叙事中，有许多术语可以被用于描述人物的目的（goals）、主线（spines）、轨迹（arcs）、诉求（quests）以及历程（journeys）。在我们开始下面的论述之前，有必要对这些词汇的关系与作用做一个简要的区分与说明。它们大体上可以划分为两类：客观现实的与精神主观的。

表 5.1 客观现实 vs 精神主观的故事描述符号	
（对于人物的目的、诉求、历程等内容的描述符号）	
客观现实故事	**精神主观故事**
外在的	内心的
明确的	含蓄的
外部的	内在的
客观的	情绪的
暂时的	精神的
可见的	无形的

联结故事客观现实及精神主观两方面的桥梁就是目的。主角的客观现实目的通常指向了故事的诉求或故事的主线，引导着主角与其他角色的发展历程。当然，故事中同样存在着一个精神主观的诉求及主线……因为任何一个外部行为（outward action）都是由内在意识（inward thought）引发的。

客观现实诉求解释了主角外在的目的，并从表面上告知我们电影的内容。精神主观诉求则着眼于主角内心的目的，并且阐释了主角的动机。

客观现实诉求可以说是电影创作时起决定作用的因素。观众不会因为明确了道德前提而被电影吸引——这绝无可能，只有客观现实诉求的"诱饵（hook）"才能将他们拉拢过来。看看下面这些"诱饵"：

> 电影《战栗汪洋》（Open Water，2004）：在满是鲨鱼的海洋之中，两个人身陷险境，设法逃生。
> 电影《海底总动员》（Finding Nemo，2003）：生活在海洋里的单身父亲，寻找失散了的儿子。
> 电影《辛德勒的名单》（Schindler's List，1993）：一个看似沉溺于声色犬马的男人，在纳粹的大屠杀中营救成百上千名犹太人。

这些显现在表层的故事线都呈现出非凡的魅力，而电影编剧们也希望能够让故事在精神层面具有同样的吸引力和深刻内涵。如此他们不得不回答一个隐藏其下的问题，那就是精神主观诉求的作用，或者说，道德前提的作用。

不断地提及内在历程与外在历程，也许听起来会像是有两个不同的故事，然而实际上，这仅仅是将同一个故事放在两个不同的层面上讨论。纵使在电影中呈现了多个角色与故事线，依然有且仅有一种精神主观或是道德前提的表述。让我们以一部精致的电影《真爱至上》（Love Actually，2003）为例，该片充斥着许多不同的客观现实故事线，但仅有一个道德主题——"生命的真意在于爱，千真万确"。客观现实与精神主观的故事要素是完全依托在一起的，任何一个角色在客观层面上探寻什么是自己期望中爱情面貌的同时，也会在主观层面上领悟到，当他们不再过于贪婪的时候才能得到真爱。只有当他们明白了什么是爱情中的无私奉献时，他们才会在自己的现实生活里，找到生命的真谛。

电影《虎胆龙威》同样如此，只身来到洛杉矶的纽约警察约翰·麦克雷恩迎战大反派汉斯·格鲁伯领导的一群凶恶歹徒。歹徒们发觉麦克雷恩是个很棘手的人——简单点说，他很难被干掉。而从精神层面上看，这部电影真正的内核其实是一个男人如何重新赢回妻子的爱——真正难以被杀死的，是约翰的爱。格鲁伯的所作所为无论如何都不能除掉约翰，更无法抹杀他对于妻子霍莉的爱。约翰对这群漠视生命的歹徒发起挑战，正是对他在努力尝试重燃妻子爱意的绝佳比喻。

我们看不到约翰如何在内心深处与自己的自私作战，如何在私心与挽回妻子之间徘徊挣扎，但是我们可以看到外部呈现的冲突。我们可以看到约翰和霍莉彼此间的互相排斥，正如我们看到约翰与歹徒们的互相厮杀一样。令人感到讽刺的是，在故事里观众真正认同的，并非是那些可以直接"看见的"，而是那些"看不见的"。在现如今的环境里，没有人曾经亲身与歹徒搏斗（就我所知没有），因而不会有人对这样的行为感同身受。观众们无法感受到战胜一帮穷凶极恶的歹徒是多么艰难，但他们却一定会理解，重新赢回一份已经疏远的爱情是多么坎坷。以一种注定的姿态，两个故事融合到了同一个主线里（这里"两个故事"指代的是客观现实与精神主观两个层面的故事）。因而我们可以说，《虎胆龙威》的故事主线其实是约翰为了赢回自己的妻子，而与歹徒们殊死搏斗。我们可以无数次地用这种例子证明，在成功的电影作品里，客观现实与精神主观的故事是如何被牢牢地编织在一起的。

同时我需要再次申明，想要创作出《虎胆龙威》《真爱至上》这样优秀的电影故事，有一个好方法，那就是将可见的故事作为不可见的故事的隐喻。也就是说，主角的精神主观目的是通过客观现实目的揭露并实现的，或者说，主角的内在经历是借由外部经历来呈现的。这种将内部剧情与外部剧情紧密缠绕的手法，就是让电影同时赢得艺术赞誉与大众娱乐效果的真谛，再没有比这更好的方法了。

5.4 恩宠时刻：电影意义的支点

在道德前提的语境里，喜剧和悲剧有基本的不同，因而我们首先要对喜剧和悲剧做出定义。古希腊把讲述严肃主题的戏剧定义为悲剧（与作品具体的结果无关），而将那些角色滑稽或是主题明快、活泼的戏剧定义为喜剧。我认为有一种更好的方法来界定经典的喜剧与悲剧——借助观众们走出电影院时脸上的表情。想象一下喜剧与悲剧的经典符号，两张面具，一张欢笑，一张悲伤。当然，如今许多"喜剧"也包含着严肃的主题，同时在某些以悲剧结尾的电影里也时常出现轻松、诙谐的片段。因此，我倾向于将经典喜剧定义为能够给观众留下欢笑及愉悦感受，即结局欢乐的电影。与之对应，经典悲剧便是那些让观众感觉哀痛和情绪低落，即结局悲伤的电影。

因而在经典喜剧中，主角最终实现了目的，而在经典悲剧中，主角想要达成的目的被阻挠并隔断了。两种戏剧形式都拥有客观现实以及精神主观的主线，通过关联或者对立的目的彼此联系在一起。

尽管喜剧和悲剧是截然不同的两种电影，但两类故事中的主角人生轨迹都是由道德前提来设定的，是道德前提给予了人物客观和主观上的行为动机，并不断告诫主角美德与缺陷分别可能会带来的奖赏与惩罚。这一对因果关系，或者说奖惩关系并不会有意地、明确地摆在主角面前，但它始终发挥着作用，在每一个场景甚至每一句台词中，影响着所有人物的命运。如果这种惯性的作用不存在，那么电影就会如同一盘散沙。

5.5 喜剧轨迹

依照经典的喜剧结构（参见图5.1）所撰写的故事主线里，主角从客

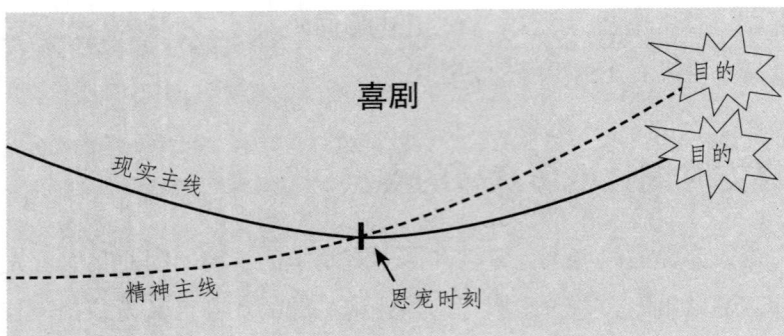

图 5.1 喜剧的故事主线

观现实诉求出发，却因他并不知悉道德前提的真谛所在，因而在追寻客观目的的过程中饱受阻挠。道德前提虽然会在整个故事里贯穿始终并持续产生作用，但仅有一个时刻，能让主角终于意识到它的存在，并且直面真相——这一幕就是我前文中提到过的，主角的"恩宠时刻（moment of grace）"。

在经典喜剧中，当道德前提的真谛清晰地呈现在人物面前，并且被人物接纳认可，这便是恩宠时刻。某些电影作品里，主角会从镜子中投射出自己（有时是一面客观存在的真实镜子，有时是一个象征符号，有时是一幕自省的场景），从而领悟到了自己的真实处境，然后与道德前提不期而遇，相拥而泣。从这一刻开始，通往人物客观现实目的的道路升华了，因为他已经清醒地意识到并且能够坚定不移地遵从、应用道德前提。尽管在故事的开头，主角对道德前提还是懵懵懂懂，但在故事的最后，他会认识到只有道德前提所揭示的真理，才是他真正的目的所在。恩宠时刻来临之前，人物在客观现实主线上所做的一切努力几乎都徒劳无功；而在此之后，人物吸纳了真理之力，精神主线得到提升，并赋予物质主线力量，最终实现了他的客观现实目的。

《美丽心灵》

电影《美丽心灵》（*A Beautiful Mind*，2001）是一个绝佳案例，它展示了恩宠时刻是如何作用于主角，并让他看清镜子中真实的自己。男主角约翰·纳什的客观现实目的，就是挣脱精神分裂症给他带来的各种幻象，以便他能够专心于自己的工作，并与妻子过上正常安稳的生活。于是他遵从医生的建议进行住院治疗，采用电击，并服用药物。此时的他并没有意识到，他真正需要的其实是不断探索人生，以扭转自己的命运。这个方法用道德前提来说明就是：

> 将自己的幸福依赖于别人身上，只会前功尽弃，鼓足勇气承担起使自己幸福的责任，才会带来真正的效果。

故事的转折点也就是电影中约翰的恩宠时刻，在第二幕的中段，以三次戏剧化冲击的形式出现了。其中一次发生在另一名主角，约翰的妻子艾丽西亚身上，第二次作用于男主角约翰（他们两人都看向了同一面镜子），最后一次又与前两次关联紧密。第一次冲击发生在夜晚卧室的床上，艾丽西亚试图挑逗起约翰的欲望，可那些用来抑制精神分裂的药物也同时压抑了约翰对于性爱的原始渴望。艾丽西亚备受挫折，满心沮丧地走进盥洗间，她看向了镜子，看向了道德前提的恶性面（此时约翰全然的依赖着她与旁人）。她愤怒地击碎了玻璃镜面，这如同是此时两人关系的一个象征：虚弱无力并且易碎。

第二次冲击发生在翌日。约翰清扫了镜子的碎片，把它们统统收拾到一只箱子里，再拿到垃圾桶前。就在他即将把玻璃碎片倒入垃圾桶的时候，他朝箱子里看了一眼，然后镜头切入了他的主观视角（POV）。这一刻，我们看到了约翰眼中的世界，他的脸从无数的镜子碎片中折射出来——这是对精神分裂的一个绝妙暗示，但更重要的，这也是对约翰的警示：他的命运（以及他的精神）应当掌握在他自己的手里（如同他手里的箱子），而非别人的掌中。

接下来的一幕将前两次冲击紧密地缝合在一起。几天后，艾丽西亚端来了药片和水，可在约翰服药之前就转身离开。在她走后，约翰拉于了书桌抽屉，将药片倒进一个容器，显然里面已经积攒了许多药片。而在接下来的日子里，他的精神分裂症再次复发了，但是此时此刻的约翰已经有了新的武器来对抗它。现在，对于依旧想要回归正常生活的他来说，已经拥有了道德前提赐予的真理之力。在电影的后半部分，我们看到约翰承担起了自己追寻幸福与健康的责任，他通过自己强大的精神力量战胜了病症，并且最终，重新掌控了他的工作与婚姻。

《冒牌天神》

电影《冒牌天神》为恩宠时刻提供了多重例证。电影中通常出现的情况是，主角卷入了多条故事线中，每一条故事线都有其特定的恩宠时刻。当然这个问题我们也将在后文中继续探讨，实际上所有的主要角色都会在他们通往道德前提彼岸的航行中，遭遇恩宠时刻。我们可以通过多层面的丰富视角，看看主角在不同的境遇里，对电影主题的回应。以电影《冒牌天神》为对象，在这里我会先给出一个简要的阐释，当然你也可以参考后文中的表 14.4——布鲁斯·诺兰的轨迹图，图中将会详细地指出他的四条故事线，以及相应的每一个恩宠时刻。

《冒牌天神》讲述的是电视新闻记者布鲁斯·诺兰的故事，他有一个特殊的天赋——挖掘并报道新闻事件中积极向上的一面。布鲁斯一直希望能够成为一名电视新闻主持人，这一诉求便构成了电影的客观现实主线，这条主线也关系着布鲁斯在事业上的目的。此外，我们也会发现布鲁斯其实还有着其他目的。连接着这些不同目的的，便是人物唯一的精神目的需求，也是故事的精神主观主线，即电影真正想要讲述的内容。简单地说，布鲁斯寄希望于奇迹发生，以此帮助自己得偿所愿。而他所谓的"奇迹"，从某种意义上来说就是不劳而获，无需额外地努力与付出，就能让老板提升他的职位；不需要他本人的任何参与，女朋友自己去训练宠物狗；又或者是，上帝能够应允布鲁斯的所有期望，予求予取。这些白日梦当然是不可能实现的，但布鲁斯反而迁怒于上帝："一定是上帝讨厌我。"每个清晨，当他不得不离开被窝开始一天的工作时，他便会发出不满的抱怨，这就是布鲁斯心智上的幼稚程度。

没过多久，上帝决定将自己至高无上的能力暂时转嫁给布鲁斯，我们无需深挖这期间发生的所有细节，简单就布鲁斯这一人物而言，他有着四个不同的客观现实目的需求。事业目的——拥有一份像晚间新闻主持人一样有意义的工作；家庭目的——让格蕾丝继续做自己的女朋友；个人目的——训练自己的宠物狗山姆；以及布鲁斯最终极的社会目的——声名远扬。

电影《冒牌天神》中道德前提的完整形式是这样的：

> 一心期待奇迹，或是指望他人代替自己付出，只能诱发挫折、激愤与混乱，而利用自身的天赋，努力成就他人的奇迹，将会收获满足、幸福与安宁。

以上的表述给出了完整的电影图景，但的确是稍显冗长了。这里再精练一下：

> 一心期待奇迹，只能引发挫折与沮丧，而努力成就奇迹，将会收获幸福与安宁。

在每一条故事线中，我们看到布鲁斯都在一心期待奇迹，从没有想到努力利用自己与生俱来的天赋。他妄图依靠他人（甚至是上帝之力）来达到目的。这样做的结果便是导致他内心充斥着挫折、激愤和沮丧，生活如同末日战场一样混乱而崩溃。这条故事线里，实际上一直都零星分布着一些小的"恩宠时刻"，但唯有出现在故事中段、作用于整部电影的那一个，才真正起到了转折作用。这个转折点让布鲁斯面临着一个他从未遇到过的、也无法解决的问题，此时甚至是上帝的力量都无能为力，他听到了人们祈求上天眷顾的祷告。从这一刻起，布鲁斯第一次不再只顾着自己，开始为他人着想。恩宠时刻在布鲁斯面前现出真身，它驱使着他接纳了上帝的力量，以及上帝的美德。布鲁斯与道德前提的相伴相拥并不是突然就发生的，它一直在那里静静地等待着。在这部时长为 92 分钟的电影里，恩宠时刻在第 45 分钟处现身。

此外，电影《冒牌天神》的伟大之处还在于它又一次验证了客观现实故事可以作为精神主观故事的隐喻，两者能够彼此对照。换一个角度来审视布鲁斯的经历，比如他的女朋友格蕾丝的名字，在英语原意中包含着"美德、荣耀"的寓意。因而我们可以说，布鲁斯在客观现实世界里拥有格蕾丝（女朋友）的故事，正是他在精神主观世界里拥有"美德"与"荣耀"（或者说，是他的天赋与能力）的对比参照。当布鲁斯拒绝使用自己与生俱来的天赋能力时，格蕾丝也拒绝了他；当他接受了上帝所赐予的能力，努力学习为他人付出时，格蕾丝又再度回到了他身边——客观现实故事巧妙的隐喻了精神主观故事。

在许多成功的电影中，道德前提会以某种形式在台词里出现。通常会是在电影的结尾处，由某个和主角关系密切的人物开口点明。电影《冒牌天神》里，布鲁斯在献血活动的现场进行现场播报，围观的市民们则道出了电影的主题，即道德前提的良性面。所有与布鲁斯有过命运交集的人物都在现场出现了，纵观整部影片，他们一直在试图向布鲁斯传达道德前提的真谛，而现在布鲁斯终于明白了，因此他要借助大家的口点明这一真谛，并告知所有的电影观众。在布鲁斯的现场播报最后，他说，"这里是献血活动的现场，我是布鲁斯·诺兰，我在这里提醒大家……"这一刻，布鲁斯将手中的麦克风对准了自己身后热情欢呼的市民们——"成就奇迹！"

5.6 悲剧轨迹

同样的事情也发生在悲剧作品中，只是带着相反的结局。在经典的悲剧故事主线里（详见图 5.2），人物同样是从客观现实目的出发，但由于他始终没有认识到道德前提的真谛，因而便在自己追求现实目的的途中屡屡受挫。

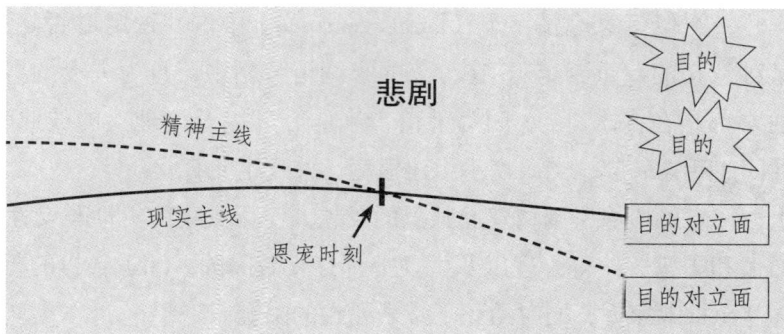

图 5.2　悲剧的故事主线

　　正如之前所说，道德前提贯穿着整个故事的始末，但只有一个时刻会让主角感觉到它的存在，并开始直面真相，这便是恩宠时刻。当道德前提在主角的面前显露真身，但主角却拒绝了它时，这就是悲剧中的恩宠时刻。从这一刻起，主角朝向自己客观现实目的的过程开始持续的下滑跌落，直到以悲剧告终。[①]

《意外边缘》

　　我在本书中列举、讨论的大部分电影作品都是以喜剧收场的，它们都成为了广受欢迎的作品，这也正是我选择它们的原因。但是在这里，请允许我列举一个特殊的案例来拓展思考，用以证明真实的道德前提是如何在另一种完全不同的电影类型中发挥作用的。案例中的这部电影不仅在票房上获得了巨大成功（仅有 170 万美元的预算成本，却获得了 3600 万的利润回报），同时还斩获了包括五大学院奖在内的"最受欢迎剧本""最佳摄影"等诸多奖项——这部电影就是《意外边缘》，托德·菲尔德（Todd Field）作为导演的处女秀。

　　电影《意外边缘》或许可以被定义为一部"家庭悲剧（family

---

① 在故事中，所有的主角都应该具有一个恩宠时刻——当他们面对着道德前提的真谛时，他们有的会接受，有的会拒绝，有的会逃避。

tragedy）"，类似于家庭情节剧（family romance）中的"否定之否定"（意味着某种意义的双重否定）。在传统的家庭情节剧中，身为夫妻的男性与女性通常都是在探求：（1）因为爱情带来的心理以及生理上的彼此吸引，于是共同生活在一起，（2）携手组建家庭，并且生儿育女。

电影《意外边缘》则构建起强烈的反差，身为夫妻的男性与女性：（a）因为憎恨和厌恶，使得心理以及生理上都存在着隔阂，（b）各自的行为都在破坏甚至摧毁家庭，同时给孩子带来死亡的阴霾。

在这里，道德前提的形态依然没有发生变化，只是《意外边缘》将其恶性面发挥到了极致。或许我们可以互换一下道德前提中两部分判定句的顺序，这将有助于我们看清恶性面的膨胀过程，直至其极限：

（美德）带来（成功），（道德缺陷）带来（失败），而（不知悔改的道德缺陷）将导致（毁灭）。

电影《意外边缘》是基于安德鲁·杜巴斯（Andre Dubus）的小说《谋杀》（*The Killings*）改编的。小说围绕着一对夫妇展开，丈夫麦特·福勒是一名家庭内科医生，妻子露丝·福勒是一名学校教员。福勒夫妇的儿子弗兰克一直在寄宿学校生活成长，父母的放任与独断让他逐渐做出了危险之举——弗兰克陷入了对一位年长的女性娜塔莉·史托的爱慕与迷恋中，并与之发生了肉体关系。娜塔莉与她的丈夫理查德·史托分居，理查德是一个自私善妒，并且极为暴力的男人。在电影的第一幕中，理查德出于嫉妒，报复杀害了弗兰克。福勒夫妇在寻求法律公正裁决的过程中，发现理查德的父亲是整个城镇最大的雇主，拥有巨额的财富和庞大的影响力，因此理查德之后被保释出狱。第二幕中，理查德将弗兰克的死因归结于两人争夺枪支时的意外走火。福勒夫妇开始意识到理查德可以借此轻易地逃脱罪责，这让他们怒火中烧。于是在第三幕中，夫妇二人在朋友的帮助下，密谋杀害了理查德。他们的犯罪行为远不够完美，这对于麦特以及所有的观众而言都是显而易见的。电影的结尾充斥着空虚、死寂与焦虑，因为麦特和观众们一样，都意识到福勒一家俨然已经成为自己最痛恨的理查德的化身。他们极有可能会因为谋杀了理查德·史托而被逮捕、判刑，并接受各种惩罚。这预示着他们此后的生活将会变得比痛失爱子、谋杀仇敌更糟糕。

借助上一页提到的道德前提恶性面的两条表述，电影《意外边缘》可以这样来概括：

> 漠视道德的教诲，将会导致死亡与痛苦，而无耻地卖弄道德，更会带来杀戮与恐惧。

以上表述中约第一句，指代的是福勒一家对于自身天主教信仰[①]的背弃，以及他们对自己儿子错误行为的纵容，这一点正是弗兰克被害以及福勒一家痛苦的根源。[②]

表述中的第二句指出了福勒夫妇对于道德更深一步的背弃，他们自以为善，预谋杀害了理查德，而这将成为与他们相伴终生的恐惧与惩戒。

接下来我们可以换一个角度思考。如果我们假设麦特·福勒医生从一开始就关心着整个城镇中居民们的生理健康，而露丝·福勒老师从一开始就关心着每个人的成长教育（成为一个尽职的看护人，关怀他们的精神世界），那么一切就会不一样。因此口碑与票房还可以这样表述：

---

① 进入电影的第七分钟，后院野餐的场景里，麦特以及他的同犯威利斯正要准备烧烤，神父来到了野餐地。麦特并没有上前去迎接他，而是隔着院子大声叫道："嘿，神父！你做到了。"神父麦克·科拉斯杯回答道："如果我不是不得不来看看你们这群家伙，我根本就一点也不想见到你们。"表明了这几个家庭已经背弃了他们从前接受过的道德教诲与准则。

② 我曾经试图单独写一个章节，关于道德前提是如何从人物的姓名上反映出来的，但这一章节必须花费大量时间。实际上，"弗兰克·福勒"这个名字有力的透露了《意外边缘》所讲述的故事。因为"Frank"缺乏约束（frankness），而他的父母又同样拒绝指出他行为中的鲁莽之处，整个家庭里的人都是不正当的、违规的（fouled）——打破了规则，他们被卷入一系列的纷争中，并且不断地犯下错误。同样的，作为一个动词，"fowl（野禽）"也可以解释为"捕猎野禽"。"a fowling piece"就是用来捕猎野禽所用的猎枪。在电影中，弗兰克就是理查德所捕捉的野禽，而反过来，理查德便是福勒夫妇的猎杀对象。

　　　　关心孩子的身心健康，会带来健康与生机，而损害孩子的身心健康，将会造成伤病与死亡。

　　以上表述的第一句指的是福勒夫妇原本应该坚守一生的追求，通过他们各自的医药及教育手段，共同从生理和心理上关心整个城镇的大人与孩子们的福利。也许在故事的前传里，他们都曾经有过照看理查德·史托，或是儿子弗兰克·福勒的机会。

　　表述的第二句指的是福勒夫妇对弗兰克道德成长路途中的忽视与损害，这引发了一种"道德疾病"，给理查德和福勒一家共同带来了情感上的苦痛，并最终导致了理查德和福勒夫妇的悲惨结局。

5.7　关于恩宠时刻的讨论

　　理解了道德前提是如何对戏剧轨迹产生作用之后，让我们更加深入的了解一下恩宠时刻所扮演的核心角色。在电影的开头，主角尝试着实现自己的目的，但他总是不停地遭遇阻挠，以至于成效甚微。紧接着，在一个特定的时间点，主角来到了命运的转角，这是一个极微妙的时刻，命运终于开始有所起色——在这决定性的一刻，有些东西注定要发生。主角对于实现目的的不懈努力终于产生了一个微妙的、具有突破意义的转变，道德前提正在唤醒主角的精神世界，同时它也让观众们领悟到电影的真正内涵。从精神层面上说，这是最关键的转折点。

　　接下来我想谈一谈在电影的每一幕中，我们该如何看待这些转折点。而首先，让我们来简明概括一下：

　　（1）在电影的开端，所有的主要人物都以一种方式行动，但是他们追求客观现实目的的途中布满了障碍。

　　（2）接近电影中段的某个地方（恩宠时刻），尽管看上去并不明显，但人物由内而外的，从精神层面改变了他们的行为方式。

（3）在此之后，主要的人物开始以崭新的方式行动，同时他追求客观现实目的的途径也改变了。

在电影《美丽心灵》的恩宠时刻来临之前，约翰·纳什几乎尝试了所有的药物方法治疗他的精神分裂。而在恩宠时刻之后，约翰开始利用自己的信念、意志来抵抗疾病的影响。电影《冒牌天神》核心故事的恩宠时刻来临之前，布鲁斯·诺兰将生命的意义寄托于奇迹，而在恩宠时刻之后，布鲁斯看到了努力与付出的必要性，于是开始利用他与生俱来的才华，书写生命真实的意义。电影《意外边缘》的恩宠时刻出现在弗拉克的葬礼上，神父麦克·科拉斯林前来探望露丝，给了她一个忏悔赎罪的机会——这好比是一次神圣的调解。这一刻之前，露丝和麦特为他们所失去的一切痛苦万分；这一刻之后，他们开始向外界发泄自己的痛苦，并着手策划谋杀理查德。

恩宠时刻通常在一个微妙的时间点触发，但它同时又是借由此前所有的戏剧性事件一步步铺垫而成。恩宠时刻并非是一个孤零零的出现，就能改变人物的行为与命运的单独元素，它更像是"压死骆驼的最后一根稻草"。

《大话王》

接下来的一个例子，让我们看看电影《大话王》（*Liar! Liar!*，1997）[1]。记得吗，在前文中我们提到过，道德前提的表述形式必须足够的通俗易懂，这样才能够在任何历史时段、任何地域与数百万的观众们产生共鸣。简略地说，以喜剧结尾的故事在最开头，我们的主角都是表现极为恶劣的，从某种程度上来说，那时候的主角其实是在践行着道德前提中的恶性面。但是在电影的结尾，主角最终能体会道德前提良性面的真谛，并一定程度地将这些美德融入实际的行为中。在电影《大话王》中，道德前提是这样的：

---

[1] 是的，我知道这又是一部金·凯瑞的电影，但它带给了我十足的娱乐。同时它也在多重层面上清晰地说明并传达了一个核心内涵。

电影《大话王》的恩宠时刻。弗莱切不再退缩迟疑，大声地告诉奥德丽，"我不是一个好父亲，我不是一个好父亲。"1998，环球家庭娱乐。

欺骗引起怀疑与排斥，而诚实地表达内心带来信任与尊重。

　　在电影的开端，为了营造一个可靠的、值得尊重的虚伪假象，弗莱切·瑞德会对所有的人撒谎。实际上，弗莱切本身就是自己的对手，他的撒谎行径引发了儿子麦克斯以及前妻奥德丽的极度怀疑。紧接着，麦克斯许下了一个具有魔力的生日愿望——"我希望我的父亲可以不再撒谎，只讲真话，哪怕只有一天也好。"愿望奏效了。早就习惯了撒谎的弗莱切，突然被迫要讲真话，这让他痛苦万分。他生命中的一切都改变了，但短短的 24 小时，还不足以改变他的命运。这一天中，弗莱切不得不向每一个人袒露那些赤裸裸的、令人难堪的真相。作为一个靠撒谎为生的律师（lawyer，某种程度上与"liar"谐音），弗莱切陷入了重重麻烦。每一次他被强迫着说真话的时候，都无比痛苦，在他尝试了所有方法都无济于事之后，他只能选择拒绝开口说话。

　　一天的混乱经历造成了无数苦果，其中一个便是弗莱切和儿子麦克斯约定了一起打球，他却迟到了，因为他的车多次违规驾驶和停靠，被扣押了。当弗莱切终于出现在了约定地点时，麦克斯和奥德丽都已经极度的失望，并且不再相信他。出于同情，奥德丽帮弗莱切将车子担保了出来，并表示她打算搬去波士顿，嫁给杰瑞——他们共同认识的一个长得像"麻古（Magoo，意味着脑子不好使）"的男人。弗莱切对此强烈反对，因为杰瑞一点儿也不适合奥德丽——这便是电影的恩宠时刻，弗莱切开始意识到自己从前的错误。此时此刻，就在汽车扣押所，奥德丽将他的车子担保出来，给予了弗莱切客观现实上的"恩宠"，而与此同时，弗莱切也抓到了她所给予的精神上的恩宠，并且第一次，没有丝毫后悔地对她开口说了实话。这一刻大约出现在第二幕的中段（时长 80 分钟的电影，第 36 分钟 30 秒处）。弗莱切头一次严肃并慎重地告诉奥德丽："我不是一个好父亲，我不是一个好父亲。"

弗莱切的这一句忏悔里真正惊人的地方，在于他是真心实意地说出的。他不再驳斥真相，他的的确确就是这个意思。这是他第一次体验到说真话带来的畅快与自由。在此之后，弗莱切并没有立即转变行为方式，但他的确开启了说真话的历程，并最终成功地与麦克斯与奥德丽重聚。对于弗莱切而言，说真话的奖励，就是他在家庭和事业上赢得了共同的信任与尊重。

在这里做一个类似批注的补充说明，电影中还有一个元素加强了它的道德前提，非常微妙但是颇具有说服力。这个元素在汽车扣押所的场景之后，当弗莱切得知了麦克斯的魔法生日愿望时，他立刻前往学校找到麦克斯，求他许一个"不需要再说真话"的魔法愿望。当然，麦克斯并非真心的许愿，因此第二次愿望并没有奏效。而此时可以注意一下，当弗莱切赶到学校时，我们听到麦克斯的任课老师正在向学生们朗读一篇文章——苏斯博士（Dr. Seuss）的《新鲜的火腿和鸡蛋》（Green Eggs and Ham）。我敏锐的妻子潘姆告诉我，这篇文章的主人公从来无法想象新鲜的火腿和鸡蛋有什么好吃的，而他的朋友山姆便穷尽了所有的方法，试图让他亲口尝一尝。节选文章的第一页：

> 你喜欢新鲜的火腿和鸡蛋吗？
> 我不喜欢，山姆，我的的确确不喜欢。我一点儿也不爱新鲜的火

腿和鸡蛋。

　　你想我把它们放在这里好，还是那里好？

　　我不想把它们放在这里，也不想放在那里。我不想看到它们出现在任何地方。

这听起来就像是弗莱切对于"讲真话"的看法。然而山姆终于让自己的朋友尝了一口新鲜的火腿和鸡蛋，这让他意识到它们真的是美味的；同样，弗莱切也曾经坚信着只有谎言才是能够让他品味美好的东西，但在恩宠时刻，他真正尝到了说真话的美妙滋味，并开始逐渐改变自己，直到影片最后，他发现自己已经爱上了"新鲜的火腿和鸡蛋"的味道。

5.8　多重故事线中的道德前提

　　之前我们已经指出，当你撰写故事的时候，道德前提应该作用于每一个主要人物以及每一条故事线。前文中我们探讨了电影《意外边缘》中消极负面的家庭教育，现在让我们转换一个方向，来看电视剧《第七天堂》（7th Heaven）中的道德前提是如何在多重故事线里发挥作用的。这部电视剧和《意外边缘》正好相反，讲述的是积极正面的家庭教育。

《第七天堂》

　　在美国华纳兄弟公司的编剧办公室里，《第七天堂》的节目运营，同时也是该剧的首席编剧、制作人布兰达·汉普顿（Brenda Hampton）运用了与本书一致的原则。即便《第七天堂》的每一集故事都囊括了许多主题，但总有一个最核心的点，便是我们要概括的道德前提。以2005年3月14日首播的"做家长的艺术（The Fine Art of Parenting）"这一集为例，道德前提可以表述为：

　　　　与孩子维持恰当的亲密关系可以带来安宁与幸福，而不恰当的关系将会导致危机与不幸。

在这一集中，客观现实故事聚焦于"家长对孩子过于亲密"以及"家长对孩子毫不干预"这一对矛盾冲突上。

《第七天堂》是围绕着卡登一家展开的系列连续剧，主要人物包括埃里克·卡登与安妮·卡登夫妇、他们的七个孩子、他们众多的朋友以及各自来来往往的恋人与配偶。在这一集中，卡登夫妇的女儿露西和女婿凯文生下了一个小宝宝莎瓦娜。因为露西夫妇的新居还在修建之中，他们便连同莎瓦娜一起，暂居在父母的大宅子里。客观的矛盾冲突首先从安妮及埃里克那里被直接或间接的引发了。这一对外祖父母过分的关心照顾莎瓦娜，几乎剥夺了露西与凯文应尽的父母职责。露西享受着有人替她照看孩子的舒适生活，而凯文则发现自己完全没有机会与莎瓦娜培养感情，邻居以及专程远道来看小孩的朋友们，剥夺了凯文做一个好父亲的机会。这种境况让凯文夫妇与热心好客的卡登夫妇产生了激烈冲突。但同时，安妮和埃里克对露西二人的关爱和照顾，也的确让他们在新居修缮期间找到了一个安宁之所。这条特定的故事线，始终围绕着寻求合适的"度"来关爱子女生活。

接下来文森特的父母登场了，将这一个核心内涵提升了到了新的层次。文森特是卡登家的小女儿露蒂的暗恋对象，他经受着父母的严格管教，并对自己的独立问题十分苦恼。在埃里克与文森特的父母聊天时，这一烦恼的根源被揭示了：文森特的婴儿时期，是和父母一起在祖父母家中度过的，并在后来生活了很长一段时间。祖父母几乎接管了所有对文森特的照看工作，甚至不允许他的父母插手——这与卡登夫妇对待莎瓦娜的情况一模一样。当文森特的祖父母退休移居夏威夷之后，他的父母才突然发现自己完全不知道该如何教育孩子，如何与孩子相处。他们对于文森特的束手无策，让整个家庭都变得不快乐。这个故事给了安妮一个信号：不要让凯文、露西以及莎瓦娜过于独立和疏远了，同时它也意味着凯文夫妇需要去学习如何看护孩子。

电影《美丽心灵》的恩宠时刻。约翰·纳什看见真正的自己，并且发现了他所拥有的精神之力。正因为他的思想能够看穿自然法则中的随意性，能够为每一个命题给出精彩的数学推论，他才得以直面自己的精神病症，为自己的健康找到一个完美的解答。2001，环球影业。

在这一集中还有一条关于马丁的故事线。马丁是一名十几岁的高中生，居住在卡登家汽车修理行的公寓里，父亲在伊拉克从事海军工作。马丁的女朋友佐伊在他们一起温习功课的时候，故意在马丁家的沙发上睡着了，她想借此向她的朋友们吹嘘自己和马丁睡过觉。即便后来事实被揭穿了，但这依然给佐伊的父母、马丁以及卡登一家留下了深深的猜疑与不快。此处道德前提预示着，如果卡登夫妇能够更多的关怀马丁的生活，或者佐伊的父母可以更关心自己的女儿，那么也许就不会发生这样的欺骗，也就不会带来如此大的尴尬。

最后一条故事线围绕着埃里克和安妮的双胞胎儿子，山姆和大卫。因为安妮过于的关心露西与莎瓦娜，两个小男孩只能自己动手准备要带去幼儿园的午餐。他们无知的将冰淇淋夹心三明治放进了午餐袋，最终冰淇淋融化了，把学校弄得一团糟，而这都是家长疏于关怀的结果。

每一条截然不同的客观故事线里，我们都可以清楚的看到道德前提被反复应用的例证：父母与孩子维持恰当的亲密关系，是如何带来安宁与幸福的（对父母和孩子都是如此）；而父母与孩子不恰当的关系，是如何造成危机与不快的。

练习

（1）比较"客观现实故事"与"精神主观故事"这两个概念的异同。

（2）比较"主题"与"道德前提"这两个概念的异同，并举出相应的例子说明。

（3）选择一部你所喜欢并且票房成功的电影进行研究，构建出作用于电影中所有主要人物的道德前提表述。这将有助于鉴别从电影的开端到结局。主角实现自己个人目的的方式有何不同。

（4）尝试在一部你所喜欢并且票房成功的电影中，找出它的恩宠时刻。可以提前阅读并参考第14章的内容。

Chapter 6

认同与道德前提

IDENTIFICATION AND THE
MORAL PREMISE

6.1 观众与故事的缝合

认同，意味着观众将自己带入了情节之内和故事人物共同经历剧情。认同并不是一个偶然现象，电影的编剧、导演乃至剪辑师，都会尝试用各种手段营造认同感，例如修改故事脚本、设定机位、场景布置、美术指导、原声音乐，等等，都是电影人力求将观众带入故事里的方式。他们试图让观众进入角色的内心，与银幕上的那个可见人物成为"一体"。无论是从客观现实还是精神主观层面，真正的融入电影的叙事环境里（diegesis）①，体验剧中人物的命运。而从本书坚持的观点看，认同有助于观众将电影的道德前提内化吸收。电影人综合运用一系列的技巧来提升观众的认同感，这一行为也被称作"缝合（suturing）"。

将两片东西缝在一起，就会得到一片更大更完整的东西，缝合的理念或许就来源于此。当它用作动词时（to suture），它听起来就像是外科医生做的事情：将裂开的皮肤或者组织缝在一起，好让伤口痊愈；当它用作

① 叙事环境（diegesis）指的是一个故事发生、发展所必须具备的所有环境设想，包含着所有的场景、观念以及将会出现的人物。它的应用可以追溯到亚里士多德的著作《诗学》。

名词时（suturing），它更像是裁缝将一块块碎布料缝接成一件可以御寒的衣裳。但是在电影语言中，"缝合"绝不意味着将几段赛璐珞胶片拼接成一部电影，而是将任意一个独立的观众成功的带入故事情景里。当一个电影人将观众和电影缝合在一起，他就算是成功了。缝合意味着最极致的联系，当观众与电影中的人物产生认同，他们便会从生理到心理上被强烈的带入故事，与人物共同进退。

对电影观众和剧中人物而言，都存在着两部分的真实——客观现实的真实以及精神主观的真实，如此，也就有两种方式来实现观众和电影故事的缝合，可以分别称为"现实缝合（physical suturing）"与"道德缝合（moral suturing）"。

6.2 现实缝合

现实缝合，指的是借助摄影机机位或剪辑手段等机械方式，将观众带入故事剧情。编剧、导演以及剪辑师合力对每一个场景画面给出不同的视角和景别，例如电影人试图让观众站在剧中人物的角度观察世界，看到剧中人物所见的一切。这种观察不仅是视觉上的，也是听觉上的。当剧中的人物在看，那么等同于观众也在看，或者观众认为自己在看；当剧中的人

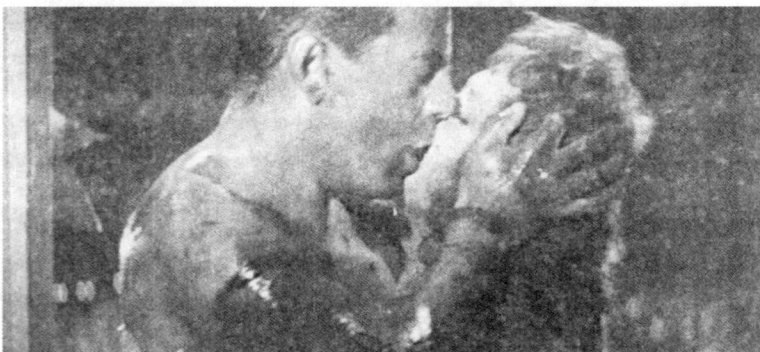

在精神主观层面上，电影《虎胆龙威》的确讲述的是一个男人想要努力赢回妻子的爱的故事。约翰的真爱不死。在图中所示的这个镜头之前，约翰解开了格鲁伯对霍莉的禁锢，将格鲁伯推向地狱的深渊，而将霍莉重新拉入了自己怀中。1998，二十世纪福克斯家庭娱乐。

物在听，那么观众也在听。当然，设置悬念或者勾起兴趣，这些都是讲故事的必要手段，所以有时候电影创作者们并不会让观众完全的看到或听到剧中人物的所见所闻。但如果这种缝合做得足够好，那么观众就会迫不及待地想要感知一切，如此便会萌生想要和剧中人物共同经历的念头，想方设法地将自己带入到人物身上。

　　针对视觉上的现实缝合，主观镜头（point-of-view）拍摄是最常用的手段，另一个技巧是过肩的正反打镜头，这种方法最大程度地模拟了每一个人物的主观视角。此外还有听觉上的现实缝合，例如电影创作者会让观众听到电话两端的谈话，就好比将电话的听筒放在了观众的耳边。

　　在电影中我们还会见到演员面部的大特写长镜头，这一刻总是显得极为漫长，面部肌肉丰富而细微的表情会让观众一下子和人物的内心情绪同步，这也是一种有效的视觉缝合手段。而听觉缝合常常以画外音的形式出现，观众会听到主角的内心独白，就像在电影《美国丽人》里听到莱斯特·伯纳姆的心声。

　　电影创作者们借助这些手段，将我们缝合进人物的身体和内心，使我们内化成为了情节叙事的一部分，并与整个故事环境密切相关。

　　在我们对电影创作的传统理解之外，还需要补充说明的一点就是不能忽视"放映"实际上也是电影的一个重要环节，尤其当它对整个缝合过程同样起到作用时。因为一个黑暗并且极为安静的影院环境，能够让所有人的注意力都集中于那个唯一释放出光影声效的地方——银幕，所有外部的干扰都被去掉了，这不仅能引导观众相信自己的所见所闻是"真实的"，更让他们认定自己就置身于故事叙事之中，如此便极大地促成了现实缝合。

　　我认为在所有现实缝合手段里最引人入胜的，就是创作者会在讲故事的过程中设下"缝隙（gap）"，留给观众自行填补。举例来说，电影里的某个场景，两个人物在屋内对话，观众对此明白无误，但摄像机却自始至终停留在一个人物身上，丝毫没有给第二个人物任何镜头……如此一来，观众便会开始自发的"填补"缝隙，也就是说，他们会开始假想第二个人物的面貌。又或者摄像机的角度恰好十分接近第二个人物的主观视角，那么观众便会将自己彻底带入到这个人物的位置上，填补缝隙。

　　另外一种制造现实缝隙、让观众自行填补的手段，就是剔除不重要的故事元素，压缩故事时间。举例来说，某个人物需要穿越城市从 A 地前往 B 地，创作者可能仅仅表达了交通方式、花费的时间、路程的艰难以及天气环境等等，但每一个观众都会自发地将自己的个人经历带入其中：暴雨的天气，紧迫的时间，搭乘出租车在城市穿行……于是，观众与剧中人物的生活被现实缝合了，紧密相连在一起。

　　运用以上这些机械化、技巧化的缝合手段，迫使观众认同故事中的客观现实真相，是将观众带入整个故事情境里、引发强烈共鸣的重要的第一步。然而接下来的第二步更加重要，因为现实缝合将观众首先引入了故事的客观现实前提，而紧接着的道德缝合，才将他们进一步带到了道德前提面前。

6.3　道德缝合

　　电影的道德前提只有在与观众真正发生共鸣的时候，才能发挥作用。通常而言，道德前提所蕴含的真假善恶，并不是观众自发察觉的。在电影《虎胆龙威》的最后，我们会有意识地思考约翰·麦克雷恩是如何战胜歹徒的，而在我们的潜意识里，很可能已经察觉到这部电影讲述的就是一个男人对自己妻子永恒的真爱。约翰对霍莉的爱，连同对魔鬼的憎恨，共同铸就了他的动机核心，赋予了电影精神驱动力。这种共鸣事实上是由含蓄甚至是隐性的元素引发的。[1] 如果在电影中，自始至终都描绘着相同的道德前提，并且它与观众所熟知的自然法则、万物秩序是统一的，那么观众便会从精神主观的层面被缝合入电影里，认同电影的叙事，并且相信电影所传达的原则是真实正确的。观众们会下意识地接受、赞同电影创作者书写的道德与精神故事，而这种接受与赞同，就是为什么你会向其他人推荐你喜欢的电影的部分原因——你认同了人物的精神道德奋斗并为其声援喝彩。就好像这部电影其实是你自己的一次情感历程一样，你会迫不及待地告诉别人，并推荐他们也去看一看。

---

[1] "含蓄（implicit）"与"隐性（symptomatic）"这两个词汇存在着一些差异。前者指的是创作者对故事元素的有意识构建（只是表达得比较内向），后者指的是创作者将故事元素潜意识化处理。

　　迈克尔·豪格对电影《军官与绅士》的探讨中，也提出了同样的观点。观众不可能在看完电影之后自发察觉到电影的主题，不可能"高喊着：'我太喜欢这部电影了！和电影里说的一样，我也坚信着我们应该真诚地将自我交托给他人，但也绝不能牺牲自我。'这很荒谬。他们只有可能会说：'理查·基尔（Richard Gere，电影男主角的扮演者）！哈哈，简直是帅呆了！'"同时豪格也给出了一些极为正确的观点，电影主题是以一种"比故事情节要深沉数倍，也微妙数倍"的方式触及观众心灵的，"某种潜意识的领悟，但依然无比真实。"[①]它连接着观众的价值观，用各种尝试、碰撞丰富了他们的生命，并赋予其伟大的意义。这种程度的认同给予了观众一种深层次的、难以用言语表达的满足感，让他们向周围的朋友口口相传。

　　另一方面，如果道德前提没有很好地贯彻在电影中，或者电影的道德前提与观众熟知的自然法则并不一致，那么观众就无法在精神层面上融入电影。假想一下，如果约翰·麦克雷恩不顾一切地从塔里逃了出去，拒绝为自己的妻子牺牲，电影会怎么样？如果他对于所做的一切事情都矛盾犹豫？如果《虎胆龙威》表现出的是约翰对自身生命的保卫，甚至想要牺牲霍莉来保护自己？如果真是这样，那么电影的道德前提就会变成：

　　　　无止境的仇恨报复带来新生与欢愉，而勇于牺牲的爱则导致自我毁灭与死亡。

　　我相信不会有观众认同这样的电影叙事，更不会认为这种理念是正确的，也就是说，他们会下意识地否定这样的故事，拒绝创作者构建的道德与精神世界。如果真有一部电影这么拍摄，那么一定会成为票房灾难。这种极度缺乏认同感的作品也会抑制观众向朋友推荐的意愿。

6.4　认同模式

　　随着我们不断地透过道德前提来审查成功与失败的电影作品，就会发

---

① 豪格：《编剧有章法》，第79页。

现只有当道德前提是真实正确的，并且能贯穿电影始终时，电影才会具备更大的成功潜质。我们研究大量的影片，并把它们的道德前提与票房做一个比较，最终将显现出一个超越单纯票房数字的模式来。

观众认可蕴含着道德实质的自然法则

在成功的电影中，无论人为的法律如何，无论他自身的欲望如何，他都需要应对道德实质。事实上，在许多成功影片里，主角遵从的其实是某一条道德实质，而不是叙事中的法律秩序或者他自身的欲望。詹姆斯·邦德绝不会背叛自己的国家，他也不会考虑自身的利益，除非有一条他（以及所有观众）认为必须遵从的更加高尚的道德实质，当然，每次到电影的最后，他都顺便勾搭上了女孩子们。

电影《妙探出差》（*Beverly Hills Cop*，1984）里的底特律探员阿克塞尔·福里为了抓捕坏人，违背了上级的命令以及所属州法律，因为福里坚信如果他遵从那些人为制定的规则，便会违背公正的道德实质。

麦特·福勒与露丝·福勒（电影《意外边缘》）将人为以及自然的法则掌控在自己的手中，为他们儿子的死进行谋杀报复。这违背了道德实质：谋杀与报复是不对的。因而在他们被怀疑之前，他们就需要为此付出代价。

电影《我为玛丽狂》（*There's Something About Mary*，1998）中泰德·施特勒曼对玛丽·詹森的爱始终不得其所，直到后来他发现了道德实质：爱并不是满足自身的私欲，而是需要牺牲自己的欲望，让玛丽获得真正的幸福快乐。

道德选择的结果与自然法则一致

尽管有时候道德选择的确会让人进退两难，但是当人物遵循了事物最自然的道德秩序（揭示了某种美德）时，他将会收获某种程度的幸福与满足。邦德制服了坏蛋……以及女孩儿们；福里解决了犯罪案件……这样看来，一切都是值得的。当人物背离了自然的道德秩序（意味着某种道德缺陷），他便会得到一定的惩罚与不幸。即便警察还没有认定这是一场谋杀，福勒夫妇也早已被自己心中的牢笼所囚禁，被终日的恐惧所埋葬。泰德对玛丽出于私心的劝说最终引来了一个又一个啼笑皆非的麻烦，而当他开始遵从无私的自然法则时，便得到了令他满意的结局。

获取自然法则的必由之路便是忍受煎熬，最终它会引导你通向目标与希望

在煎熬中寻找意义，并始终遵从着真正的道德前提，片中人物终将获得生命的希望与真意。例如詹姆斯·邦德、艾索·福里以及约翰·麦克雷恩都在生理和心理上遭遇重重创伤，但是在影片最后，当对手被击溃，他们以及观众都会对未来萌生更加深刻的满足与信念。同样的，泰德·施特勒曼经历的煎熬教会他，为他人考虑要比只顾自己更令人满足，这也是他最后赢得玛丽尊敬的唯一原因。与之相反，那些无法忍受痛苦的煎熬，无视自然法则的重要意义的人物，便会在最后迷失生命的价值与希望。福勒夫妇就是如此，他们否定了自然法则与人为法律的重要性，并对之嗤之以鼻。最终在他们面前出现的，是对未来无止境的绝望。

对这些类似电影的研究 [①]，证明了当人物选择了那些看起来正确的自然规律，便能最终收获类似的好结局，观众也会认可故事所揭示的道德真谛，并以惊人的票房成绩作为对此的褒奖。反之，如果人物选择了那些看起来必定是违背规律的事，但却最终依然收获了良好的结局，那么观众会认定故事存在着道德错误，票房也会相应的远低于期望值。在前一种的情况中，观众会以自身的道德感为根源，从情感上对故事、人物产生认同；而在后一种的情况中，观众则不会认同故事与人物，也根本不会有情感上的呼应，因为观众已经认定这个故事在道德上是错误的。

尼古拉斯·凯奇（Nicolas Cage）的电影《极速60秒》（*Gone in 60 Seconds*，2000）是一个很好的例证。已经金盆洗手的偷车大盗兰德尔·孟菲斯·雷恩斯为了救出自己的弟弟，必须和伙伴们在一夜之间盗走五十辆名车。故事本身非常有意思，或许观众并不能接受为了一个不值得的兄弟

---

① 在这一段落以及本书其他地方出现的结论，都是基于作者在本书附录中列出的电影片单的正式以及非正式的研究。这些结论都基于同样的假设：列举比较的这些剧情片，在作品品质上都是相类似的，优秀的导演，出色的演员，以及娴熟的电影拍摄手法。当比较电影的票房成功时，还有一个重要的对象不容忽视，那就是电影发行方的努力，毕竟是发行方将电影的名字广告全国，让最广大的受众知悉。

而采取如此大规模的盗窃行径。但是隐藏在雷恩斯这一举动之下的，其实正是同情、宽容以及勇于牺牲的爱。也正是这些美德，最终让观众认可了影片，并成为了这群偷车大盗的"共犯"。我们可以体味到雷恩斯在这个盗窃之夜所面临的艰难处境，好奇他是否可以在重重危机中成功脱身：他不仅要在不被再次关进监狱的前提下，完成一次盛况空前的盗窃，还必须营救他的弟弟，并且保证自己不被对手杀死。观众在电影中感受到的绝大部分不适应感，其实正是来源于我们对雷恩斯这个人物的认同：我们庆幸着自己没有和他陷入一样的境遇，庆幸着自己不用面临这样复杂的道德矛盾。我们永远不会希望自己步入道德绝境，哪怕眼前只有微弱的一线希望。但我们同时又希望雷恩斯能够成功，因为我们知道他所有的行为并不只是为了那五十辆价值连城的豪车，而是比豪车更加珍贵的最自然的道德真谛。幸运的是，电影创作者知道他们自己在做什么，也没有丧失对雷恩斯所有行径的道德评判标准。如果你没有看过这部电影，那么我想最好不要泄露最后的那个尖锐结局。但我可以这么说，尽管一开始看来，雷恩斯的行径在道德上是错误的，但实际上这只是一个用来恢复正义、遵从自然秩序的小花招。我们必须为其喝彩，并由衷地推荐这部作品。

就像地心引力以及引力的作用都是我们所在的客观现实宇宙的一部分一样，道德实质、道德结果以及忍受磨难的价值认知，也同样书写进了我们每个人的精神现实里。当电影创作者认识到了这一真谛，并将其吸纳进故事里，他们也就自然而然地将观众缝合进了故事编织的世界中，进而收获满意的票房。

6.5 观众与创作者的价值观匹配

接下来会以图表的方式，再解释一下之前篇幅里论述过的内容。当观众对电影中的某个人物产生认同时，观众与创作者之间的连接就建立了，创作者想要传达的寓意与故事内涵就能够顺利地传递给观众。但如果观众无法对人物产生认同，那么他与创作者之间就无法形成连接，继而创作者的寓意也无法成功的建立。为什么有时候观众不能"填补缝隙"，不能

"认同电影"，或者"看不到"其中的含义呢？其中的一个原因就是电影创作者与观众彼此的精神主观现实没有匹配（not aligned）。

无论有意或者无意，这种匹配从故事诞生之初，道德前提甫一建立起，就在编剧和导演手中形成了。达纳·库珀曾对编剧这样建议：

> 关于戏剧公式（道德前提）还有一个重要的问题——正直性（integrity）。用于你故事中的表述（必须）是绝对正确的。即便是一部搞笑的动画片，也要有着和所有的戏剧一样正确的价值观。请警惕，如果你不相信从故事寓意中呈现出来的逻辑、世界观或是价值理念，你内心的怀疑就会反复带来问题，包括创作中的阻力，甚至是"停工（shutdown）"。[①]

观众认同以及观众与创作者彼此道德现实的匹配，对电影的普及、受欢迎程度有着加成的效果。图 6.1 和图 6.2 阐述了观众与创作者之间认同过程的两个极端模式，它们将有助于图解这一现象。

在图 6.1 中，就好像两片滤镜彼此偏离了 90 度，使得观众无法洞察创作者想要表述的道德现实。当观众透过这样的滤镜观看电影时，他们对客观现实故事与精神主观故事（以及各自的前提设置）的认同便被阻碍了，或者往好的方向说，被模糊了。对观众来说，他们仅仅是"无法理解"，并且在潜意识里对电影产生了"无效（invalid）"的印象。继而他们会对朋友说，"我一点也不喜欢这部片子"，这样的口口相传最终产生负面影响。

在图 6.2 中，创作者与观众的道德现实滤镜是匹配的，这足以让观众确立对电影的情感认同，并在潜意识里留下"有效（valid）"的印象。当这些观众向朋友们传达"我很喜欢这部片子"时，良好的口碑就产生了，这将会为电影带来积极的作用。

请注意，这里我们并不是在讨论显性的客观现实故事线或是精神主观的道德前提故事线，图 6.1 与图 6.2 描绘的是观众是否被缝合入了电影的道德含义之中，以及他们能否理解电影的真实意图。

[①] 库珀：《创作伟大的电影电视剧本》，第 77 页。

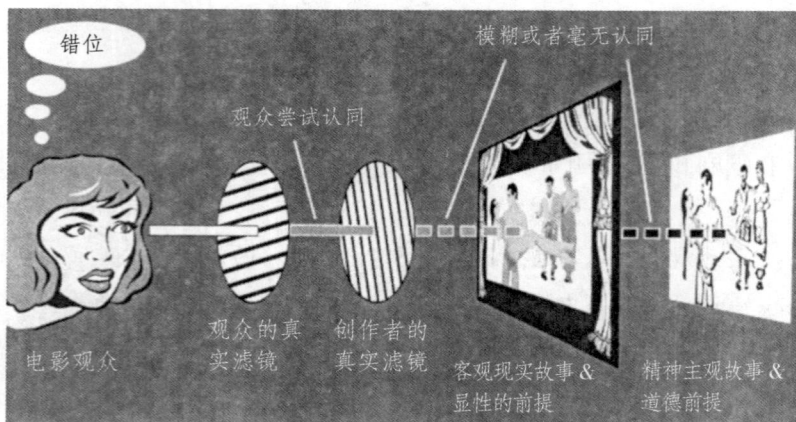

图 6.1 错位的道德真实：无效的观众认同

图 6.2 匹配的道德真实：有效的观众认同

6.6 电影的真实意图

我们已经逐渐接近本书第二部分的战略与战术内容了，因而需要着重地理解"电影的内容"与"电影的真实意图"之间的差异。是的，在此前我已经多次提到过这一点，但电影的故事轨迹构建与这一概念密切相关。所以请让我对理论的这最后几章做一个总结，并在进入第二部分之前解答一些具有批判性的问题。

还记得吗，尽管电影通常被认为是讲述那些看得见的事与物，也就是客观现实领域。任受欢迎的那些电影，它们表现的实际上是那些看不见的精神主观领域。这就是我们为什么要讨论"电影内容（what a movie is about）"与"电影的真实意图（what the movie is really about）"。

如果编剧知道他自己的电影道德前提，他就会知道自己写作的理由以及他笔下人物真正的精神动机。这个认知，是在故事中构建出每一步的基础，包括所有的人物轨迹、情节的转折点、设定的特征，甚至是场景以及台词的架设。道德前提同时也为所有的演员、导演、摄影指导、项目策划、美术指导以及发行人等指明方向。所有的关键在于了解故事的核心思想，包括它潜在的寓意，它的情感轨迹，以及它的道德前提。

现在，我首先要批判的观念就是"电影并不是非得拥有一个主题，一个寓意，或者一个道德前提才能获得成功"。为了证明他们的这种想法，他们用纯粹的动作片来做例子，就像是詹姆斯·邦德的 007 系列电影，或是施瓦辛格（Schwarzenegger）的"终结者"系列。但是在我看来，这些电影恰恰都具备着成熟的主题、寓意以及道德前提。

尽管邦德这个角色并没有经历救赎性质的旅程，但 007 系列电影依然传递了一个清晰的主题，那就是：

追求权力导致死亡与失败，而追求正义带来生命与成功。

出于某种政治寓意的考量，或许可以将邦德看作是西方国家的间谍、情报或者机密组织里的一个理想化角色，他握有"杀人执照"，能够免受惩罚。当然，我们没有必要将这些电影看作是严肃的政治宣传，它们只是无伤大雅的玩笑。但是电影的主题以及政治寓意依然是清晰可证的。

情况换成施瓦辛格的"终结者"系列电影，道德与精神的主题就像影片中的特效一样栩栩如生。举例来说，在电影《终结者 2》中，终结者从未来世界返回到现在，为的是从新型机器人 T-2000 的手中拯救萨拉和约翰。当终结者终于摧毁了 T-2000，他打算自己也跳入沸腾的铸钢炉里。萨拉恳求他不要这么做：

萨拉：

一切都结束了。

终结者：

不，还有一块芯片……

终结者指了指自己的脑袋。

终结者：

……它必须被摧毁。

在终结者的要求之下，萨拉只有不顾约翰的反对，用缆绳将终结者降到了熊熊燃烧的钢炉底部，把"他"和他的芯片一起摧毁了。纵观整部电影，它的道德前提异常的清晰而鲜明：

无私的爱带来生命，而仇恨导致死亡。

这一点也在同样出色的动作电影中得到了印证，例如《虎胆龙威》和《致命武器》（*Lethal Weapon*）系列。在这里，并不简单的只是正义战胜了邪恶，同时也展现了主角坚守并维护的传统家庭价值观的重要性，他们努力与亲人重聚，带领他们逃离危难。后面还会举出更多的例子。

在我们继续之前，我想对"电影并不是非得拥有一个主题，一个寓意，或者一个道德前提才能获得成功"的观点再次作出反击。这里我要请出罗伯特·麦基为我作证。他在《故事》一书中写道：

讲故事，其实是对真理的一种创造性地装饰。一个故事就是一个观点存在的证明，是观念成为行为的一次转变。一个故事的事件结构，就是你表达观点，继而证明观点的手段方式……无需过多的解释。①

---

① 麦基：《故事》，第 113 页。

　　在这个简短的段落里，麦基用了三次"观点（idea）"这个词汇来定义他之前提到的"真理（truth）"。是的，麦基在哲学的高度上，更胜于我们。他试图告诉我们的，就是讲故事从本质上看是一种哲学的追求，在其间我们探寻什么是真，什么是假，探寻我们如何才能生活得更美好，更快乐。他从哲学以及逻辑学的角度应用了"证明（proof）"这个词，是为了说明故事并不是在力求表面的情节有多么正确（例如，机器人也可以穿越时空，从未来回到现在），而是在传播一个在哲学上绝对正确的观点——真爱，是愿意为了他人的幸福而牺牲自我。

　　这就是"电影的真实意图"。

　　至此，如果我以上的工作做得足够好，那么你一定已经开始相信，想要编写并制作一部伟大的电影，你必须将真正的道德前提渗透进去。

　　但是该怎么做呢？

　　问得好。

　　这就是接下来，我在本书第二部分里要写的内容。

练习

（1）列出并简要阐释，电影创作者让观众认同电影人物的几种不同的客观现实手段。

（2）列出并简要阐释，电影创作者让观众认同电影人物的几种不同的精神主观手段。

（3）研究一部成功的电影，描述出它所采用的现实缝合与道德缝合的详细方法。

（4）在你所看过的众多高票房电影中，写下故事的客观现实前提（电影的内容），并与电影的精神主观内涵（电影的真实意图）做一个对比。然后阐释两者之间的隐喻象征关系。

第二部分 应 用
Application

这一部分描述了将一个真实的道德前提植入电影故事结构中的八个步骤。描述具体步骤的八个章节（8—13章，15—16章）非常简短，而第7、14以及17章则提供了额外的支持说明，包括策略计划、轨迹情节表以及最后的终极案例。综合而言，这些章节阐释了所有的事实本质，包括运用道德前提，创设人物行为轨迹，以及最终将主要的戏剧事件串联成一个整体。它将帮助你处理故事，并使你能够顺利地完成剧本的第一稿。我保证：绝不会有编剧困境！

Chapter 7

策略过程

STRATEGIC PROCESSES

7.1 从开始就明确结局

史蒂芬·科维（Stephen Covey）在《高效率人群的七种习惯》（*Seven Habits of Highly Effective People*）一书中写道："从开始就明确结局。"[①] 在你把车开出车库之前，就要知道自己想去哪儿；飞机滑行至跑道之前，驾驶员要先制定好飞行计划。从一开始就知道该怎么结局，就如同拥有一份优秀的计划书。好比在开始建筑一幢大楼之前，业主就会向建筑师描绘大楼的修建目的以及最终用途，而这些最终用途会左右建造过程中的每一个决定：从出入口的安排设计到装潢家居的风格类型，需要装备的机械装置，甚至是细节的陈设。从开始就明确结局，这是我们在开始一段旅程时都会做的事情，我们首先会问自己要去哪里，花费多久的时间……然后我们会计划精确的路线，在哪里停留，又或是一直前行。

写剧本或创作电影也是一样。当我们决定要写一部剧本时，我们需要知道故事的真实意图以及如何结局，这将有效地推动故事情节结构的形成，

① 科维：《高效率人群的七种习惯》，第 95 页。

塑造人物的现实与道德旅程，最终将它们导向符合逻辑且令人满意的结局。

　　道德前提是否描述了故事的精神主观结局，取决于人物接受的是美德还是缺陷。因为我们同样也描述了主角的现实目的，所以现实结局自然也就呼之欲出。假如主角遵循了有缺陷的道德，他便无法达成他想要的现实结局，并遭受到相反的结果；然而当主角遵循的是美德的指引，虽然他在途中会受到道德缺陷的引诱，但最终他将达成所愿。

　　如果你想要构建一个成功的剧本，你不得不从一开始就想好这些结局。先从客观现实结局入手还是精神主观结局入手并不重要，但如果你首先设定了主角的客观诉求，或者你设定好了你的电影在客观真实世界中想要表达的内容，那么你的工作可能会比首先花时间思考人物的精神主观诉求、设计故事的真实意图，要来得稍微容易一些。因为一旦你那么做了，就等同于从一开始便明确了结局。很快，你的道德前提就会成形，如此你便能够更有效率地做出所有其他能起到辅助效果的创意决定，而你的故事线也会同时诞生，并最终汇聚在一起。

　　从开始就明确结局，这会让你在构造剧本结构时减少步骤。遵循这样的方式，你便能够省时省力，让自己更有效率。正如"统计过程控制（Statistical Process Control）"之父 W. 爱德华兹·戴明（W. Edwards Deming）最喜欢的那句名言一样："如果做好一件事与做坏一件事花费的精力相同，那么为什么不首先做好它呢？"[1] 为什么不在第一时间就以正确的方式来构建一出剧本，从而从根源上排除重写的可能呢？

7.2　兔子的头脑，乌龟的心

　　也许有人会控诉我过于线性化，或者过于左脑思维化——假如真正的艺术家的确只是用他们的右脑来进行创作的话。坦白地讲，我认为想要成为一名成功的编剧，还是需要将两个半脑都用上的。编剧兼导演艾德·所

---

① 戴明在多次采访中都提到了这句话，最著名的一次是在福特汽车公司（Ford Motor Company）1981 年的某部纪录片中。

罗门向我推荐过一本十分伟大的书，题目为《兔子的头脑，乌龟的心：如何思考得越少却越智慧》。这本书的作者盖·克莱希顿是一名英国心理学家，同时修习禅宗佛教（Zen Buddhism）。这本书会对我在第二部分提炼出来的左脑思维方法起到一种极好的平衡作用。克莱希顿提醒了我们同化以及非线性思维的重要性，他支持无意识或者"暗中"的创作①，因而嘲笑那些直线型的思维方式［他的用词是"直接型（d-mode）"的思考］。善于冥想的人可能会立刻认同克莱希顿的观点。冥想是创作的原力，然而只要你愿意，你完全可以在它之后，引入左脑的思考步骤。当我冥思时，我会去种种花，兜兜风，或者做任何可以放松心灵的事情，如此一来许多的想法就会从潜意识中流淌出来，解决那些我的左脑无法自己解决的问题。然而，接下来的过程就毫无疑问是左脑的工作了。在正式开始之前，你需要借助右脑来完成常规的放松与冥想。你必须将左右两个半脑结合起来使用。就像我之前所说的，电影创作是一种思维的结合。

到这里，我们已经说了许多关于策略的问题，下面来说我们实际需要做的事情。

7.3 战术步骤

在接下来的十个章节中，有八个章节都非常简短，它们是一系列的操作步骤，帮助你围绕道德前提构建剧本。其实我非常乐意承认，将这些步骤按照其他的顺序排列也会一样有效，因为真正重要的不是每一步的具体顺序，而是每一步的最终目的。实际上，只要能够得到我们最终想要的那个结果，那么是否遵循这些具体步骤都根本不重要。可能我说得有些远了。在这种情况下，这些步骤的功能更像是一个提纲，它说明了故事如何能够始终与道德前提紧密相关。记得我们在第四章中就讨论过，艺术家们同样可以通过各自不同的方式来确保获得成功。然而为了方便起见，我还

① 克莱希顿:《兔子的头脑，乌龟的心：如何思考得越少却越智慧》，第34页。

是需要具体阐明这些步骤，如此才不会辜负我头顶上那个"左脑思维"的帽子。

从宏观的层面来说，这一过程其实是循环重复的。这意味着在整个过程中，有某些特定的步骤是需要进行重复操作和反复考虑的，如此才会获得更好的效果。你在故事中做出的所有决定，罗列的所有元素，最终都必须成为一个和谐统一的整体，而它们彼此之间实际上是互相依附的。举例来说，你在第四步中做出的决定，可能会让你返回到第二步中重新进行权衡，而这又将反过来影响第三步与第四步的选择。当你在经历这些重复的过程时，各项选择之间的余地与冲突会越来越少，这时整体就会自发地呈现出一个完整的格式塔形态。

这本书的每一个读者都不相同，所以你们每个人所写的故事也会有各自不同的路径，因为它们都是由一系列的参数决定的，包括你对故事话题的熟悉程度，你的人生经历，以往研究的范畴，所处位置的考察，甚至是你早餐所吃的食物，这个周末是否有约会，以及你从别人那里听来的种种消息等等。但是现在，我需要按数字顺序向你们一一阐释这一过程，这对我来说会容易一些，希望对你们也是。

现在我们开始。

Chapter 8

第一步：确定主宰的美德

STEP 1. DETERMINE THE CON-
TROLLING VIRTUE

8.1 故事的美德主题

　　主宰故事的美德，自然应该是作为编剧的你最为尊崇的立足点。它使你热切地想要获取更多，使你迫不及待地想从床上爬起，投入写作中。它必须在各个层面上都与你对人性的观点保持一致。即使并不是社会中的每一个人，尤其是你的观众，都能认同它，它仍然是永远真实存在的，并且是人类最为重要的东西。一名叫作布赖恩·尼古拉斯的罪犯打伤守卫后，从亚特兰大的法庭上逃出来，在逃跑过程中用从守卫那里抢来的枪杀死了四个人。最后他将单身母亲阿什莉·史密斯劫持为人质。被囚禁在自己公寓里的阿什莉，假装对布赖恩十分友善，同情他所遭受的折磨，甚至用"最好的黄油"为他煎薄饼当作早餐，以此赢得了布赖恩的信任。结果如何呢？布赖恩放了她，随后她拨打了911报警，布赖恩放弃抵抗，束手就擒。因为他已经不想再伤害任何人。我在得知这个故事之后，就对这一章节进行了修订和增补。我们可以看到，在这个故事中，主宰的美德可以被简单的归结为"同情（compassion）"，而主题可以表述为"同情带来理解与和平"。这就是我所说的主宰故事的美德。

　　无数的电影都是关于诸如友谊、忠诚、守信、荣耀、勇气、牺牲、爱情、坚毅、慷慨、谦逊、诚实、善良、正义、耐心、聪慧、团结以及自由等等这样的美德。我们可以继续创作以这些美德为主的电影，因为一个真正的美德会有 1001 种表现自己的方式。① 美德是我们每个人都为之奋斗的东西，但我们却永远不可能完全地拥有它。因此我们才会不断地努力接近它们，以求能够更多的获得这些美德的要旨，好让我们的生命以及他人的生命，变得更加美好。

　　当你已经决定好了一项主宰故事的美德，就可以进入第二步了。

---

① 嵌入在故事中的主宰故事的美德必须是真实正确的，因为它必须能够为大众所接受。举例来说，如果一个故事将某些混乱的价值观视为是道德正确的，观众会认为它认同的是一个虚假的美德，而对故事避而远之。

Chapter 9

第二步：确定主宰的道德缺陷

STEP 2. DETERMINE THE CON-
TROLLING VICE

9.1 美德的对手

我们之所以永远都无法完整地拥有美德，其中一个原因就是道德缺陷的存在，它强悍地竖立在我们所有努力的对立面。道德缺陷，是作为编剧的你所厌恶的东西，如果可以的话，你会急切地想要从现实中消除掉它。它让你每天从担忧与愤怒中醒来。但道德缺陷通常情况下都是被动进攻（passive-aggressive）的，它们一般是通过怠惰、无趣、冷淡、偏执以及矛盾来阻挠你达成目标。

依照最本质的个人动机，你可能会在选择一个美德之前，先为电影设定一个道德缺陷。成功的电影理所当然必须拥有一个强大的对立角色，他拥有的道德缺陷能够驱使最懒惰的人行动起来。如果不能更胜一筹，至少反派角色的莽撞无礼需要和英雄人物的勇气相互匹敌。在电影《虎胆龙威》中，如果约翰·麦克雷恩的对手不是邪恶的汉斯·格鲁伯，那么这个故事和人物会被人轻易地忘掉。因此确定一个主宰故事的道德缺陷会非常有用。

现在，就像你所希望的那样，主宰故事的道德缺陷与主宰故事的美德必须是彼此对立的。在表 9.1 中，我将第一步中的美德与它们的对立面做了配对，这样你会更清楚地理解。

表 9.1　美德—缺陷的配对	
美德	**缺陷**
友谊	背叛
忠诚	抛弃
守信	背信
荣耀	耻辱
勇气	胆怯
牺牲	自私
爱情	仇恨
坚毅	怠惰
慷慨	吝啬
谦逊	傲慢
诚实	虚伪
善良	残忍
正义	不公
耐心	急躁
聪慧	鲁莽
团结	分裂
自由	禁锢

一旦你决定了用于激励主角的美德，以及相对应的缺陷，你就等于准备好了赋予人物深度。这意味着，理所当然的你可以将缺陷分配给你的英雄，将美德分配给坏人……是的，我没有写错，缺陷给英雄，美德给坏人，这样才能赐予你的人物深度。坏人具备的美德，通常会为这个人物博得些许同情，甚至可以解释为什么他们会在歧途上做出如此选择，正如

电影《虎胆龙威》中的汉斯·格鲁伯，他一直将自己视为现代的罗宾汉（Robin Hood）。与之对应的，将缺陷给予英雄，这不仅符合人类本性的特质（没有人是完美的），更可以给英雄们一个改进的机会，他身上的缺陷会在故事的结局里得到改善与升华。电影《虎胆龙威》中，约翰·麦克雷恩身上的傲慢同样难以消弭，但汉斯·格鲁伯却让约翰懂得了谦逊，让他成为了对霍莉来说更好的伴侣。

好了，现在已经有一只蔥鬼开始徒步前进准备向美德发起挑战了，我们越来越有机会看到一部成功的电影。接下来进入第三步。

Chapter 10

第三步：确定口碑与票房

STEP 3. DETERMINE THE MORAL
PREMISE

10.1 故事的终极寓意

电影的真实意图，其实就是电影的寓意，或者说是它的道德前提陈述。先为你的电影写一个粗略的道德前提，我说"粗略"是因为伴随着整个过程，你的故事会不断地变化发展，你也将再次回到这一步骤中，一遍遍地精练、修改你的措辞。而至少现在你可以先写下一些东西，它将帮助你聚焦在核心内容上。下面的格式可能会对你有所帮助：

（道德缺陷）造成不合意的结果；而（美德）带来（期望的结果）。

或者，

（道德缺陷）引起（失败），而（美德）带来（成功）。

将失败与成功看成是人物的客观现实目的，将缺陷与美德视为精神主观目的，这样也许会对思考有所帮助。下面是一些简单的例子：

　　　　愚蠢导致死亡，而智慧带来生命。

　　　　自我吹嘘带来耻辱，而谦逊将收获荣耀。

　　　　自私导致孤立，而无私带来分享。

　　　　放纵的热情会带来风险，而理智的洞察将得到安定。

　　最后，道德前提的陈述必须是一项自然的法则，一个绝对的真理。它必须是真实正确的，无论对于什么人，什么地域，什么时代——也就是说，它是普遍存在的一般真理。你的故事可以非常另类，但这个故事所依托的真理必须能够让数百万的观众都认同。当然，如果你旨在为无政府主义者之类的人群创作电影，那么你可以忽略这条建议。如果你不是，那么就铭记你的道德前提，然后进入第四步。

Chapter 11

第四步：确定电影的类型

STEP 4. DETERMINE THE MOVIE'S GENRE

11.1 文化冲突与解决的轨迹

　　类型电影让观众对主角产生特定的期待。通常在电影开始之前，观众就会对主角的故事轨迹有所了解。这种对于类型结构的期待会预先决定主角对口碑与票房，以及冲突的反映。正如托马斯·沙茨（Thomas Schatz）在《好莱坞类型电影》（*Hollywood Genres*）中阐释的一样，这是因为类型电影都包含着最基本的文化冲突，它无法获得终极解答，只能提供一种暂时的、理想化的解决方案。沙茨将这些基本的、永远不可能被真正解决的冲突视为类型故事的"静态的原子核（static nucleus）"，而电影所提供的解决方式就是"动态的表层结构（dynamic surface structure）"。[1]

　　在这样的语境之下，西部片（westerns）就是关于粗犷的个人主义的故事，也就是，英雄人物会帮助社会集体解决某个关于社会同化的问题，建立一个新的社会秩序，但是在最后，我们的西部英雄无法将他自身同化进这个新的秩序，所以不得不回到他个人的生存方式里。

---

[1] 沙茨：《好莱坞类型电影》，第31页。

在强盗片（gangster）中，主角因为失业或有失公正的社会带来的压力而误入歧途，最后电影给出的解决方式通常是强盗死于社会秩序之手，但又同时赞扬了强盗对于家庭的忠诚。

在爱情喜剧片（romantic comedy）中，两性的基本矛盾以爱的名义达成了暂时的妥协与解决，但是婚后呢？每个人都希望能够再次燃起新的火花。

类型可以说，帮助我们定义并描绘了故事的轨迹，每一个人物都在我们的期待中迎接考验，做出接受或者拒绝道德前提的决定。当然，我并不是提倡对于经典类型模式的刻板模仿，我也不相信一个特定的道德前提就对应着一个特定的类型，对于类型的选择的确影响着观众的期待，但你也可以给他们一个惊喜。

从创造性的角度来说，你完全可以设定一个真实的道德前提，但它从表面上看来也许和该类型通常期待的相矛盾。也就是说，选择一个与类型期待相扭曲的道德前提，你可能会生成一种全新的化学反应，让你的观众眼前一亮。花一些时间来周密地思考这种全新的结合，直到你能看见并感受到故事的脉络。不要急于考量具体的细节，因为最终你需要捍卫主角的生命历程是完整而令人满意的，即使有时候会有些反讽意味。

有一个杰出的案例就是采用的这种做法，那就是乔恩·斯普林格（Jon Springer）广受欢迎的僵尸短片《活死人少女》（*Living Dead Girl*，1982）。僵尸片这一亚类型，在 1968 年因为乔治·A. 罗梅罗（George A. Romero）的大师级杰作《活死人之夜》（*Night of the Living Dead*，1968）而被革命性地广泛定义了。僵尸片意味着：

（1）僵尸四处寻找鲜活的血肉，并以此为食；

（2）当一只僵尸咬伤了一个活人，这个人会死亡，而后重新站立起来变成另一具四处游走、寻找人类血肉的僵尸。然而斯普林格却从一个完全不可能的源头——天主教义中，获取了一个道德前提，扭曲了僵尸片的传统，但获得了令人吃惊的受欢迎度。天主教认为，当神父以基督之名将面包与红酒呈上圣坛，那么基督教徒享用的圣餐，就如同是在享用主的身体与血液。① 如此一来，深埋在每一个弥撒中的道德前提都可以这么表达：

不享用基督的身体，就会死亡，而享用基督的身体，会获得生命。

这启发了斯普林格，如果一只僵尸偶然地在街角遇到了活生生的耶稣，会发生什么呢？在《活死人少女》中，僵尸咬下了耶稣的手臂，然而不仅耶稣并没有象类型中设定的那样变成僵尸，反而是僵尸又重新获得了生命。这是一个完全意想不到的情节扭曲，但是却与天主教弥撒中的真理产生了共鸣。道德前提与一个众所周知的电影类型获得匹配，这种做法赋予这部短片一个全新的视点，使其在许多受欢迎的独立电影网站（例如 Film Threat 以及 Ain't It Cool News）上获得了广泛的赞许。

所以，找一些更有趣、更能带来惊喜的方法来重组道德前提与电影类型，你可能会在无意中得到新点子。

现在，在结合了道德前提与类型期待后，你应该已经了解并有能力明确表达出你故事的道德主题以及类型结构了。恭喜你，这是一个具有重大意义的收获！你可以开始准备进入第五步了。

---

① 非天主教徒可能会认为这很古怪，但天主教徒的根据来源于《约翰福音》（*Gospel of John*）的第六章，其中给出了相应的故事来源和教导，与弥撒中流传了几个世纪的宗教仪式一样。

Chapter 12

第五步：确定主角的现实目的

STEP 5. DETERMINE THE PRO-TAGONIST'S PHYSICAL GOAL

12.1 电影的客观现实主线

　　可能你之前就已经完成了这一步，写下了主角外部的客观现实目的，这与电影的客观现实主线是相同的，或者说，这就是电影的"内容"。例如：佛罗多必须抵抗魔戒的邪恶力量并将它扔到末日山脉的烈焰中销毁；又或者是兰德尔·雷恩斯必须在一夜之间盗走五十辆汽车，从而救出自己的弟弟。

　　既然从第三步中你已经知道了电影的真实意图是什么，那么这一步就是用客观论证的方式，对你想要表达的真理进行一次隐喻。当第三步与第五步紧密地联系在一起时，即便不能完全避免，至少也可以有效地减少"编剧困境"出现的可能性。

　　从这一步起，你可以开始构建你的故事了，也就是说，你可以开始思考故事的客观现实轨迹与主角的目的了。它们可能起源于某个你着迷的小段子，从餐桌上听来的一些传说，或是你和朋友的一次"如果……将会怎样"的剧本讨论。留心这些"诱饵"，它通常就是杰作诞生的源头。

　　如果你真的从这一步开始设计客观现实主线了，那么我强烈地建议你在进入下一步之前，先回头审视第一步到第四步，然后再回到第五步中来。这一定能为你节省之后的很多时间。

Chapter 13

第六步：确定主角的现实障碍

STEP 6. DETERMINE THE PROTAG-
ONIST'S PHYSICAL OBSTACLES

13.1 电影的客观现实冲突

这一步和第三步一样，有着同等的难度，而且可能会和第五步一起，同时出现在你面前。在主角实现自己客观现实目的的过程中设置障碍，会与决定这个目的是什么同步发生。但你要记住，目的是第一位的，而有些东西仅仅只是障碍。因而你需要非常清楚地明确客观现实目的是什么，并且确保你的主角也同样地清楚这一点。

故事的历程是一个探索的过程，因而你的主角所拥有的目的或许可以更简单地表述为两个部分，目的 A 与目的 B。举例说明，《怪物史莱克》（*Shrek*，2003）系列电影的第一部中，史莱克的第一个目的是拯救那些深陷困境的动画角色们。而在他朝着这个目的前行的途中，他又发现了另一个目的——赢得公主菲奥娜的芳心。在这个奇妙的故事中，目的 A（公主菲奥娜）的障碍事实上也就成为了电影后半段的主要目的。

或者，你可能会发现，你为目的 A 设计的障碍实际也是目的 B 的障碍。在这样的情况下，你停下来以正确的方式重新思考目的与宗旨，将它们的关系用图表的形式记录在纸张或者白板上，找一些听众来倾听你的阐释并且请他们提出建议，都会对你有所帮助，这就是有一个编剧伙伴的好处。确保这些障碍与目的都是清晰并符合逻辑的。别相信一个完全没有根据的推断，同时别将不符合逻辑关系的目的与障碍强行地绑在一起，这会让你的观众疑惑，并且毫无效果。

　　当然，主角最主要的障碍可能就是对立角色，对手的目的正好与主角完全相反。阐释反面角色在人物冲突中体现出来的特征和动机并不是本书的要点，有其他的作者给出了更好的答案。[①] 在这里，并不需要将对立角色为主角前进路上设置的所有阻挠都罗列出来，你只需要在心中（当然最好在纸上）明确主角与对立角色的目的，以及让这些目的处于逻辑上自然的对立，这样就足够了。我们可以在下一步中将这些进行具体地情节化。

_____

① 可以参考豪格、霍尔顿、西格以及沃格勒。

Chapter 14

轨迹情节表与主要戏剧点

ARC PLOTS AND MAJOR DRA-
MATIC BEATS

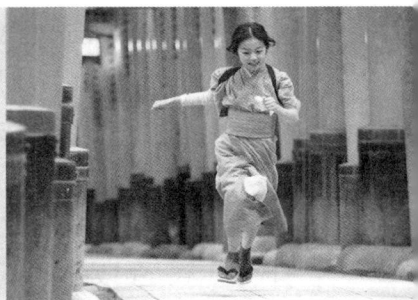

14.1 主要情节与转折点

在这个章节（这并非是第六步的内容）中，你会看到如何利用主要人物的戏剧轨迹来揭示一个故事的主要戏剧点。这是为下一章（第七步）所做的准备，在下一章中你将要确定故事的主要戏剧点。

主要人物的戏剧轨迹从形式上看，是由你在第三步中确定的道德前提决定的。就像我们讨论过的一样，每一个主要人物为了实现一个特定的客观现实目的，都要首先获得一个特定的精神主观目的。尽管在客观现实中，人物间各自的目的都不尽相同，但它们从本质上来说都必须来源于同一种事物，也就是对于同一个道德前提的隐喻。如果道德前提或主题是不稳定的，那么每一个主要角色也必定会在这种不稳定中挣扎犹疑，甚至是客观现实目的也会因此变得非常不同。因而，道德前提必须足够普遍，如此它才能作用甚至主导主要人物的成功与失败。

14.2 人物的戏剧轨迹

一个人物的戏剧轨迹，要求这个人物从某种程度的好或坏的行为方式，转变成为另一种程度的行为方式，而一个人物的外部行为必须是由他内心的价值观与选择来决定的。所有的外部变化都是由内心变化引起的，即便这种内心的变化对于其他的人物或者观众来说不一定会起作用。但无论是什么情况，请记住，一定都是精神主观驱动着客观现实。

对于内心的变化，最好的描述方式就是道德轨迹。没有精神主观上的改变，就不会有外部变化的动机和理由。不完美的主角在外部经历了一次改变，仅是因为他经历了精神上的成熟。

主角并不需要在结局中变得完美，或者所做的一切都是正确的。事实上，如果主角从一开始并不完美，并且直到电影最后也仍旧不能保证所做的一切都是对的，那么这样故事反而会变得更加丰富和多层次。但是主角的的确确需要做出改变，无论是朝着主宰故事的美德作出努力，还是倒向主宰故事的道德缺陷。这种改变，就是你需要进行描绘的主角的道德轨迹。

14.3 人物轨迹情节表

为了让整个讨论更简单易懂，我坚持采用传统的三幕结构，尽管其他的戏剧结构也具有相同的作用，例如"金字塔购买论（Purchase Pyramid）"、"悲痛与改变的舞台（Stages of Grief and Change）"以及"神话历程的舞台（Stages of the Mythic Journey）"等理论。而现在我要假定的是，主角的情节需要以这样的方式发展：在第一幕中，主角受到了一个新"挑战"，然后拒绝了它，但在第一幕的高潮段落里，主角最终接受了这个挑战。我同样假定主角的这个冲突会在第二幕中逐步升级。然后，在第三幕尤其是第三幕的高潮段落里，主角会为了实现目的，与所有新增的阻挠"誓死抗争"。

了解每一个人物在各自的故事中都拥有一个开端、中段以及结局，能让我们以一种非常简便的三段式结构来刻画他们各自的行为，同样分为开端、中段与结局。提前将他们的轨迹情节化，能让编剧更自信地掌握故事的全局，并将它们都指向同一个核心——所有的这些三段式结构都直接的关系着唯一的道德前提。

在下一节中，我将指导你制作两种形式的轨迹情节表，第一种形式是"好人的"，另一种是"坏人的"（参见表 14.1 与表 14.2）。大多数的成功影片，其主要人物都少于八个，并且许多成功的影片只有三至五个主要人物，因而情节设计也仅仅针对这些主要人物而言。

这些表格并没有详细到清楚地表达出人物的每一步动作，但是它们的确为人物在整部电影中的变化提供了结构支撑。你需要为每一个人物都填写一张这样的表格：（1）设定在电影的前半段故事中，人物是如何行动的；（2）设定人物在恩宠时刻，是如何面对道德前提的真谛的；以及（3）描述电影的后半段人物的行为。对这三部分内容的设计，会帮助你在规划剩下的情节和动作时，始终有一个"准心"。

"好人"的轨迹情节表

在恩宠时刻之前，一个拥有事业目的的正面角色会用各种下等低劣的手段来实现其目的。而在恩宠时刻之后，他仍会继续尝试实现这一目的，但是会借助更妥当的手段。此前的低劣手段与道德前提中的缺陷相类似，而之后的成功手段则与道德前提的美德相统一。

表 14.1 "好人"的轨迹情节表

所有人物的客观现实轨迹都与唯一的道德前提精神轨迹密切相关，或是作为后者的一种隐喻：（道德缺陷）引起（失败），而（美德）带来（成功）。

A（人物姓名）	B 前期行为（缺陷表现）	C 改变事件（恩宠时刻）	D 后期行为（美德表现）
事业目的（描述）	为了努力实现一个事业目的，（人物）表现出了（道德缺陷）并经受了（失败）。	在事业故事线的次要情节中，描述了（人物）如何面对（缺陷）与（美德）的选择，并最终拥抱了（美德）。	在努力实现事业目的的过程中，（人物）表现出了（美德）并收获了（成功）。

表 14.1（续表）			
A （人物姓名）	B 前期行为 （缺陷表现）	C 改变事件 （恩宠时刻）	D 后期行为 （美德表现）
家庭目的 （描述）	为了努力实现一个家庭目的，（人物）表现出了（道德缺陷）并经受了（失败）。	在家庭 / 团体故事线的次要情节中，描述了（人物）如何面对（缺陷）与（美德）的选择，并最终拥抱了（美德）。	在努力实现家庭目的的过程中，（人物）表现出了（美德）并收获了（成功）。
个人目的 （描述）	为了努力实现一个个人目的，（人物）表现出了（道德缺陷）并经受了（失败）。	在个人故事线的次要情节中，描述了（人物）如何面对（缺陷）与（美德）的选择，并最终拥抱了（美德）。	在努力实现个人目的过程中，（人物）表现出了（美德）并收获了（成功）。

"坏人"的轨迹情节表

如果你填写完了"好人"的表格，那么你也能以相似的方式填写"坏人"的表格。

表 14.2　"坏人"的轨迹情节表			
所有人物的客观现实行动轨迹都与唯一的道德前提精神轨迹密切相关，或是前者作为后者的一种隐喻：（道德缺陷）引起（失败），而（美德）带来（成功）。			
A （人物姓名）	B 前期行为 （缺陷表现）	C 改变事件 （恩宠时刻）	D 后期行为 （进一步的缺陷表现）
事业目的 （描述）	为了努力实现一个事业目的，（人物）表现出了（道德缺陷）并经受了（失败）。	在事业故事线的次要情节中，描述了（人物）如何面对（缺陷）与（美德）的选择，并最终拥抱了（缺陷）。	在努力实现事业目的过程中，（人物）表现出了（进一步的缺陷），并最终导致了（更惨烈的失败）。

表 14.2（续表）			
A （人物姓名）	B 前期行为 （缺陷表现）	C 改变事件 （恩宠时刻）	D 后期行为 （进一步的缺陷表现）
家庭目的 （描述）	为了努力实现一个家庭目的，（人物）表现出了（道德缺陷）并经受了（失败）。	在家庭故事线的次要情节中，描述了（人物）如何面对（缺陷）与（美德）的选择，并最终拥抱了（缺陷）。	在努力实现家庭目的过程中，（人物）表现出了（进一步的缺陷），并最终导致了（更惨烈的失败）。
个人目的 （描述）	为了努力实现一个个人目的，（人物）表现出了（道德缺陷）并经受了（失败）。	在个人故事线的次要情节中，描述了（人物）如何面对（缺陷）与（美德）的选择，并最终拥抱了（缺陷）。	在努力实现个人目的过程中，（人物）表现出了（进一步的缺陷），并最终导致了（更惨烈的失败）。

你需要清楚地意识到，当你的故事中拥有不同的对立角色时，上面的这张表格也会产生细微的变化。在第一章中，我们描述并分析了你在电影中可能发现的不同种类的对手，有时候对立角色是类似电影《军官与绅士》中的训导长福里。从精神主观上来说，他实际是在帮助主角实现目的，而在客观现实上他的表现正好相反。有的时候，对立角色就像《虎胆龙威》中的汉斯·格鲁伯，他的确是想要杀死主角的。所以总的来说，"对手的轨迹是什么样子"，这个问题其实并没有一个固定的类属形式。我所能想到的，仅有的严格规则应该不外乎以下几条：

（1）对手永远都在为主角制造客观现实上的障碍。

（2）对手迫使着主角在恩宠时刻，面对了道德前提。

（3）道德前提对于所有的人物而言都是真理，即便他是对立角色。

　　因为对立角色的轨迹有时候很难固定下来，表 14.3 只是提供另外一个可参考的选项。

　　这里你可能会注意到，在电影早先的段落中，对立角色表现出一种扭曲了的美德，并相应地获得了一种扭曲的成功。但是在对立角色的恩宠时刻之后，当他完全地接纳了道德缺陷时，失败也就不可避免地发生了。下文中的表 14.6 将会以电影《超人总动员》中的特定例子来证明我们刚才在表格 14.2 与表格 14.3 中所看到的内容。

表 14.3　另一种"坏人"的轨迹情节表		
所有人物的客观现实行动轨迹都与唯一的道德前提精神轨迹密切相关，或是前者作为后者的一种隐喻：（道德缺陷）引起（失败），而（美德）带来（成功）。		
前期行为（扭曲的美德表现）	改变事件（恩宠时刻）	后期行为（缺陷表现）
为了努力实现一个目的，（人物）表现出了（扭曲的美德）并获得了（扭曲的成功）。	在次要情节中，（人物）面对（缺陷）与（美德）的选择，并最终拥抱了（缺陷）。	在实现目的过程中，（人物）表现出了（缺陷），并最终导致了（失败）

注：左上角单元格为"（人物姓名）"，下方行左侧为"目的（描述）"。

对于轨迹情节的一般说明

　　在每一个轨迹情节表中，你可以尽可能地做到你想要的详细程度，但是它们的目的只在于：为人物的精神与现实历程提供宽泛的结构，让你在为人物生命规划具体丰富的事件时，能够保持一个清晰的行为准心。

　　表 14.1 至表 14.3 通过类别化的句式，用最常规的名词为需要的情节提供了类属形式，你可以将这些名词替换成为你的故事所需要的特定词汇。这些类别化的陈述句都将为你指引一个正确的方向。将括号中的名词一个个地用具体词语替换，会为你的人物轨迹规划工作提供一种思维上的帮助。在后面的表 14.4 至表 14.6 中，你可能会发现特定的例子与这些类别化的表述并不完全相同，但它们的确描摹出了人物的行为改变。

这些描述要从每一个细节上都是客观的，是观众可以遵守的。你需要描述的是可见的行为，而不是内在的思想。有一句古语是：行胜于言（Actions speak a thousand words）。你在表格中运用的是文字，但实际上你是在描绘人物采取的行为。努力使你的文字可视化。当你需要填满你的轨迹情节表时，你要有足够的耐心，并且带着批判的思维。让表格的每一个空处，都看上去像那么回事，这似乎很容易。但是一夜之后，你就会明显察觉到你所描述的不是一个客观的行为，不是一个可见的动作，而是某种精神态度。从确立态度开始是可以的，但是在你进行更加深入的探索之前，你必须想出一个你的观众可以看见的行为动作。

为主角以及对立角色创作轨迹情节表，需要花费一些时间来打磨，才能最终完成。但是你实际上已经在为你所有的主要人物设置主要戏剧点了。花一些时间来周密地考虑它们，对比它们的不同特征，以及它们是如何与道德前提相互作用的，还有在整个故事过程中美德与缺陷是如何转换的。

14.4　多重目的

一个人物，多重目的

在你的故事中，一个人物越多地参与其中，我们就会越了解他（她），人物的客观现实目的也就越完整，越吸引人，越有戏剧性。不同的目的与人物生命中的不同方面相关联，就像我们在第五章中讨论过的那样，布鲁斯·诺兰的事业目的以及电影的客观现实主线，是成为一名电视新闻主持人；他的家庭目的是让格蕾丝继续做自己的女朋友；他的社会目的是声名远扬；而他的个人目的是训练他的宠物犬山姆。不管单个人物拥有多少个目的，都要牢牢记住——它们统统都是对电影道德前提的隐喻。下面的表格14.4以布鲁斯的目的为例子，在轨迹情节表中对它们进行了清楚而详细的说明。注意它们是如何通过形象化的行为动作来证明电影的道德前提的。

表 14.4　布鲁斯·诺兰的轨迹情节表

布鲁斯所有的客观现实行动轨迹都与电影唯一的道德前提精神轨迹相关，前者是对后者的一种隐喻：一心期待奇迹，只能引发挫折与沮丧；而努力成就奇迹，将会收获幸福与安宁。

人物	前期行为 （缺陷表现）	改变事件 （恩宠时刻）	后期行为 （美德表现）
布鲁斯·诺兰的一般目的：寻找安定以及生命的真意	布鲁斯希望他人（包括上帝在内）奇迹般地为他服务。但是即便拥有上帝的能力，布鲁斯依然饱受挫折。	布鲁斯意识到，想要寻找安宁他就必须利用自己的天赋为他人做些事情，只有在他的天赋能力不足时他才能依靠别人的帮忙。	布鲁斯为他人服务。一开始他的行为是很敷衍的，但是之后他开始真心地去做事。他努力成为旁人生命中的奇迹，并且自己也获得了安定。
布鲁斯·诺兰的事业目的：拥有一份有意义的工作	—布鲁斯希望能够不努力就当上主持人。 —布鲁斯利用上帝的力量奇迹般的获得了主持人的工作。 —布鲁斯利用奇迹之力只为自己服务，不管他人。	布鲁斯开始倾听周围所有人的祷告，但是他不能做任何事情。他开始认识到自己的局限。（第45分钟）	—布鲁斯尝试对每一个人的祈祷做出回应。 —布鲁斯把一辆熄火的汽车从拥堵的交通中推出来。 —布鲁斯将主持人的工作交还给了埃文，并发现了自己善于播报轻松消息的意义。
布鲁斯·诺兰的家庭目的：让格蕾丝留在自己身边	—布鲁斯拒绝帮助格蕾丝制作相册。 —布鲁斯对格蕾丝大吼大叫，让她把山姆带出去。 —布鲁斯利用奇迹之力带给格蕾丝浪漫、性爱以及傲人胸部。	布鲁斯尝试利用上帝的力量让格蕾丝爱自己。他再一次的发现自己不能寄希望于奇迹，只能自己努力赢得她的爱。（第72分钟）	—布鲁斯开始努力追求格蕾丝。 —布鲁斯完成了他们的相册。 —布鲁斯谦卑的祈求格蕾丝，就像之前她祈求他一样。

表 14.4（续表）			
人物	前期行为 （缺陷表现）	改变事件 （恩宠时刻）	后期行为 （美德表现）
布鲁斯·诺兰 的个人目的： 训练山姆	—布鲁斯愤怒的要求格蕾丝冷他的狗，山姆，带到外面去。 —布鲁斯对山姆在房间里小便一分愤怒。	在第一次倾听了祷告之后，布鲁斯训练山姆使用厕所。山姆再没有在房间里小便。（第45分钟）	—布鲁斯及时地把山姆带出房子，并且教会了山姆如何小便。 —布鲁斯让山姆学会了在没有帮助的情况下，如何在草丛里小便。布鲁斯很开心地说："我们做到了。"
布鲁斯·诺兰 的社会目的： 声名远扬	布鲁斯对于自己采访的社会大众分外焦虑，因为他们都不帮他塑造美好形象。	布鲁斯看到民众们推倒了他的"独家新闻（Mr. Exclusive）"标志。（第76分钟）	布鲁斯成为了大众的奇迹，参加献血，给社会带来了欢乐。

多个人物，多重目的

在你的故事中，每一个主要角色至少需要有一个与道德前提相关的客观现实目的。这里有一个基于电影《超人总动员》的例子——故事关于一个隐居的超级英雄家庭，他们挣扎着寻找在一个不需要他们的世界中存在的方式。其中有六名主要的角色，四名主角以及两名对立角色。主角分别是鲍勃·帕，又叫作"不可思议"先生，是家中的爸爸；海伦·帕，又叫作"弹力女超人"，是家中的妈妈；他们的孩子维尔赖特，一个有着隐身和力场能力的十几岁小女孩，以及达什，一个冲动的小伙子，拥有敏捷的速度。这一家人的两个对手，一个是强烈要求超级英雄一家隐姓埋名的普通大众，另一个就是辛德罗姆，原名巴蒂，一个超级英雄模仿者，一心想要依靠可怕的武器获得名望。

电影《超人总动员》的道德前提是：

> 孤身一人与逆境奋战，只能面对脆弱与失败；而一家人协力与逆境抗争，会带来力量与胜利。

表格 14.5 与表格 14.6 考查了每一个人物以及他们的目的。

鲍勃·帕想再次成为"不可思议先生"，将人们从危险中解救出来，并且重新受到社会的重视。海伦·帕想要拥有一个正常的家庭，并满足鲍勃以及孩子们的需求。维尔赖特希望获得更多的自信，并且让托尼认可她。达什想要参加学校的体育比赛（成为一个体育健将），让自己的自然天赋获得更多的认可。达什的目的与他父亲的非常相似，而维尔赖特的目的则像是海伦的一个镜像：海伦努力让鲍勃的注意力集中在自己和家庭身上，而维尔赖特希望从托尼那里获得同样的重视。

辛德罗姆 / 巴蒂想要成为超级英雄，但是因为他不具有超能力，于是他给自己设定了一个毁灭所有超级英雄的目标——如此一来就没有人拥有超能力，只剩下他可以通过操作按键获得超能力。

大众想要的是安定的生活。

表 14.5 电影《超人总动员》"好人"的轨迹情节表		
道德前提：孤身一人与逆境奋战，只能面对脆弱与失败；而一家人协力与逆境抗争，会带来力量与胜利。		
主角	**前期行为** （缺陷表现）	**改变事件** （恩宠时刻）	**后期行为** （美德表现）
目的	人物孤身一人与逆境奋战，最后软弱失败。	人物清楚的面对着"一人奋斗"与"全家协力"的选择。	人物与家人一起协力与逆境抗争，获得了力量与胜利。

	表 14.5（续表）		
主角	前期行为 （缺陷表现）	改变事件 （恩宠时刻）	后期行为 （美德表现）
鲍勃·帕/不可思议先生：再次成为"不可思议先生"，将人们从危险中解救出来，并且重新受到社会的重视。	鲍勃对于"孤军奋战"思想的执迷不悟为他带来了更多的麻烦，并且促使巴蒂转变成为辛德罗姆。鲍勃的隐瞒同时也造成了他与海伦之间的麻烦（海伦以为他找了一个"情人"），二是鲍勃在和机器人的战斗中变得脆弱无力。他"昼伏夜出"与酷冰侠进行的秘密超人游戏也在道德前提中扮演了重要角色。他唯一一次成功的营救就是得到了超人阵营的好友酷冰侠给他的力量。	鲍勃发现辛德罗姆已经"终结"了他在超人阵营中的其他好友及家人，而他在镜子中看见自己仿佛也出现了"被终结"的标记。但当他的家人出现，与他并肩作战时，他十分高兴，然后意识到自己是一个失败的父亲，因为他对于自己被低估的事耿耿于怀，想要独自一人战斗来证明自己的价值。	在恩宠时刻后，鲍勃花费了一些时间才彻底明白。1小时36分钟处，最后的决战之前，他终于承认了自己并非足够强大。而海伦提醒他，"如果一起努力，你就不需要变得那么强大。我们可都是超级英雄。"于是大家一起，战胜了辛德罗姆和全能机器人。很明显，如果仅靠鲍勃一个人，是无法打败敌人的。
海伦·帕/弹力女超人：拥有一个正常的家庭，满足鲍勃以及孩子们的需求。	在整部电影中，海伦大部分时间都表现出了道德前提的良性面。但是当孩子们在餐桌上打起来时，海伦太软弱，根本无法将一家人凝聚在一起，直到鲍勃与她一起努力。当她去拜访恩达的超级服装实验室时，她觉得自己被（另一个女人）击败了，因为她无法满足鲍勃的需求。	恩达提醒海伦："你是弹力女超人！把你自己拉回来……你要做什么？你要告诉他你记得他是不可思议先生，你还要提醒他你是谁。现在你知道他在哪里了，去，面对他，战斗，并且胜利！"于是海伦前去和她的丈夫一起战斗……但更重要的是，她为全家人都带去了超人装备。	她继续用行动提醒着鲍勃，当他们一家人携手努力的时候他们会变得更强大。为了保护自己（以及他们的家庭），她甚至提醒孩子们，当面对危险的时候，"使用你们的超能力。"

表 14.5（续表）			
主角	前期行为 （缺陷表现）	改变事件 （恩宠时刻）	后期行为 （美德表现）
维尔赖特·帕：获得更多的自信，并且让托尼认可她。	维尔赖特很羞涩，总是把自己藏在长头发的后面，甚至利用她的隐身能力躲避托尼。她其实非常希望能够得到托尼的注意。事实上，她难以找到有效利用自己能力的自信与控制力。她甚至用自己的能力和弟弟打架，这种做法让家具变得七零八落。而当她尚不知道该怎么绘制地图帮助妈妈的时候，他们的飞机已经起航了。	当海伦从恩达的超级服装实验室带回了超人装备时，维尔赖特认识到了他们是一个整体，家庭需要她一起努力。她为杰克找了一个临时保姆，然后利用她的隐身能力和达什一起登上了海伦去营救鲍勃的飞机。	维尔赖特在与家人一起战斗对抗辛德罗姆的过程中锻炼了自己的能力。最重要的，她不再将自己藏在头发后面，而托尼也羞涩的看到了她表现出的强大的自信。甚至在托尼同意约会之后，维尔赖特立刻回到了她的父母的座位边——那是她力量的真正来源。
达什·帕：参加学校的体育比赛，让自己的自然天赋获得更多的认可。	达什想要利用自己的超能力，但是却没有得到家人的支持，他们不同意他去参加体育比赛。所以他只能自己一个人行动，将大头钉放在老师的凳子上，这让老师对他的信任、父母对他的宠爱都降到了最低点。当然，鲍勃认为这很酷，因为达什并没有被真正的逮到，但是这种想法却让鲍勃和海伦产生了矛盾。	当达什与维尔赖特一起出发并隐匿在海伦的飞机上时，就已经准备好了要为家庭出一份力。他是第一个穿上全家的超人装备的人。	达什和家人一起努力，从辛德罗姆的手中拯救世界。整个家庭的配合就像一场音乐会一样默契。在电影的最后，达什回到学校参加跑步比赛，并得到了来自父母的悉心的指导。他控制着自己不要过分的炫耀能力，在保守了秘密的同时，还获得了比赛胜利。

　　尽管对于过去那些已经消失了的超级英雄们，故事并没有给出一个清晰可辨的轨迹，但是很明显，当公众的控诉到来之时，他们无法团结家人携手战斗，这削弱了他们的实力，让辛德罗姆得以"终结"除了不可思议先生、弹力女超人以及酷冰侠之外的那些超级英雄。有意思的一点是，因为鲍勃、海伦和孩子们——以及他们作为一家人时力量的增长，使辛德罗姆的邪恶计划被阻止了，而鲍勃和海伦也通过他们的子女后代，将超级英雄汇聚成了一个更强大的超人家庭。

　　表 14.6 接下来将要查考不同的对立角色的客观现实目的与道德前提之间的关系。道德前提对于对立角色的两种陈述方式都在这里得到了例证。注意巴蒂 / 辛德罗姆与大众在前期与后期的描述是灭位的，但是道德前提的含义却没有改变。

表 14.6　电影《超人总动员》"坏人"的轨迹情节表			
道德前提：孤身一人与逆境奋战，只能面对脆弱与失败；而一家人协力与逆境抗争，会带来力量与胜利。			
对立角色	前期行为 （缺陷表现）	改变事件 （恩宠时刻）	后期行为 （美德表现）
目的	人物以"扭曲的家庭"形式与逆境奋战，获得了"扭曲"的力量与胜利。	人物清楚的面对着"一人奋斗"与"全家协力"的选择。	人物孤身一人与逆境抗争，经历了脆弱与失败。
巴蒂 / 辛德罗姆：征服世界，甚至是击败不可思议先生。	巴蒂作为超人的敌人是非常成功的，因为他依靠了别人的力量……住在女助手幻影的帮助下，能够不断的增长力量，战胜自己的对手。	当辛德罗姆有机会得知依靠"家人"（例如幻影）的重要性时，他却拒绝了这个想法，甚至表现出了他想要牺牲她来获得自己能力的增长。（电影 1 小时 11 分钟处）	幻影转向了辛德罗姆的对立面，让他孤军奋战并且使他实力受到了削弱。同时，当辛德罗姆妄图利用他的"超"能力煽动大众时，他却不能和他的机器家人很好的协作，于是他的脆弱击败了他自己。

表 14.6（续表）			
对立角色	前期行为 （缺陷表现）	改变事件 （恩宠时刻）	后期行为 （美德表现）
注意轨迹结构上的差异不同→	人物孤身一人与逆境奋战，最后面对脆弱与失败。	人物清楚的面对着"一人奋斗"与"全家协力"的选择。	人物与"家人"协力与逆境抗争，获得了增长的力量与胜利。
大众：生活在安全宁静的环境中。	当大众想要独自前行，抛弃了强大的超级英雄家庭时，大众便变得软弱无力了，看起来他们似乎非常容易被击败。	他们对好战分子辛德罗姆和全能机器人感到敬畏，但当两名老者认同"没有学校像以前的学校那样了"的时候，恩宠时刻到来了。	超人们的代理人祝贺了他们，当战略确定，暗中破坏的人浮出水面时，超人一家四口一起现身并准备好了战斗。而很明显的，这一刻他们的力量得到了提升，因为他们赢得了一个大家庭——大众的支持。

在你完成了对表 14.6 的学习，并感觉到你已经理解了轨迹情节表的功能与目的之后，你就可以准备进入第十五章中的第七步了。

第七步：确定主要的戏剧点

STEP 7. DETERMINE THE MAJ-OR DRAMATIC BEATS

在这一步中你将要确定故事的主要戏剧点。这是一步非常大的跨越，因而需要深思熟虑。准备好，接下来的内容很艰巨。

这一步的目的是为你的主要人物创制轨迹表格（arc tables），每一个主要的人物，都要有至少一页纸的表格。在每一个人物的表格的最上方都要写下相同的道德前提陈述，以辅助你完成表格。

现在，挑一个人物，在属于这个人物那页纸的 A 栏（参考前文中的表 14.1 或表 14.2）中垂直地列下这个人物命运中不同方面的目的（一个，或者一列），例如事业、家庭以及个人……或者与你的故事相关的其他种类。在 B 栏的顶部，设定出在恩宠时刻之前，你的人物通常拥有的缺陷，而在 D 栏的顶部，设定出恩宠时刻之后的美德表现。然后在剩下的这三列中，为每一个目的进行规划并写下：

B 栏，角色满载着道德缺陷的行为特征将导致失败；

C 栏，某一个事件或时刻，角色面临着清晰的行为改变抉择（恩宠时刻）；

D 栏，人物的美德行为特征，引导着人物迈向成功。

以这种形式，为每一个主要的正面角色制作一张表格，这需要花费时间和大量创造性的思考。你要意识到，你实际上已经开始在为每一个人物的不同人生领域设计广泛的次要情节了。从道德缺陷开始入手，你便已经为你的正面角色赋予直接的深度以及趣味性。同时，因为道德缺陷、道德前提以及客观现实主线之间都息息相关，你的整部电影就会像齿轮一样环环相扣。

15.1　轨迹深度

有些故事轨迹与行为转变会表现得很轻微，有时甚至晦涩难懂，这并非在暗示这个轨迹本身没有意义。而其他的轨迹则展现了主要的变化及深度。故事的时间线延续得越长，你能够描绘的深度范围就越大。一个发生在一天之内的故事，可能无法具有代表性地表现出一个人物在客观现实、精神主观行为上的巨大转变，但也不需要表现得过分了。文艺批评家苛刻地对待一些"宣传"电影，不仅是因为那些说教的台词与画面让人无法忍受，更是因为这些电影中的客观行为和道德轨迹，在故事有限的时间长度里表现得过于明显了，反而让人不可信。

15.2　始终围绕一个中心

你的每一个主要人物都要有不同的客观现实目的，相应地也要面临着不同的客观现实障碍。但是每一个目的或障碍的设置，都得成为对唯一的道德前提的隐喻。如果不同人物的客观现实目的并不能有效地指向道德前提，那么你就是在写两个完全不同的电影，这时你就得停下来去重新调整。一部成功的电影会始终围绕一个中心，就像一个结构良好的句子，或者一张照片。在一段话中，每一句话都支持着中心句，如果不是这样，就要调整或排除，将它用在其他的段落里，或是不同的电影中。

15.3　稍　后

在你完成轨迹情节表之后，是时候利用你无限的创造力来打造一个粗略的草图了，包括故事的时间线，以及用来装点道德前提的情节和事件。

下一页就将开始第八步的操作了，这是你在正式开始进行剧本写作第一稿之前的最后一步。因为第一稿的重要性，所以我们要更具体的阐释它。你准备好了么？我们开始。

Chapter 16

第八步：为戏剧点排序

STEP 8. SEQUENCE THE DRA-
MATIC BEATS

16.1 情节时间线

　　如果你已经为七个人物完成了轨迹情节表，并且每一个人物都有三个目的（一个主要的，两个次要的），那么你就已经描述了至少 63 个主要的戏剧点。[①] 这些对于塞满一部 90 分钟甚至两小时的电影来说，可能有些多了。你会开始考虑只为次要人物赋予一个目的。但不管怎样，你的轨迹情节表中的每一格都代表了一个戏剧点，你在发展故事的过程中还有很长的一条路要走。

　　在这最后一步的操作里，你需要在轨迹情节表的指引下排列所有的戏剧点，并以这样的方式构建你的故事情节。这个任务的本质就是：（1）摘取轨迹情节表中每一格的内容，（2）将它们想象成某一个具体的场景，然后（3）把它们以一种戏剧化的顺序安放，创建一个有趣的、具有娱乐性的故事。

　　这绝不是一件能够自动生成或是严格按线性编排的事，所以当你看着你

---

① 7（角色）× 3（目的）× 3（开始—中段—结局）= 63（戏剧点）。

三幕戏剧的各部分

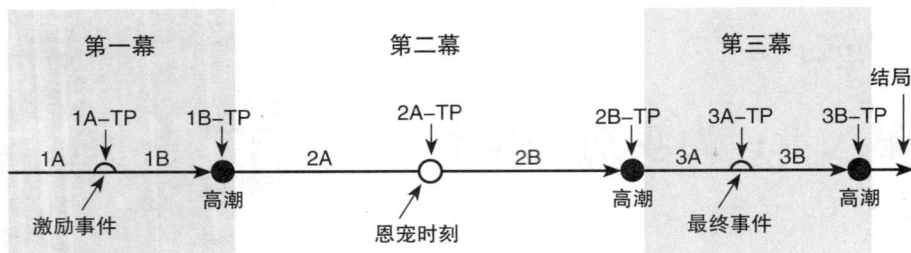

第一幕　　　　　　　第二幕　　　　　　　第三幕

1A-TP　1B-TP　　　2A-TP　　　2B-TP　3A-TP　　3B-TP　结局

1A　1B　　　2A　　　　　2B　　　3A　　3B　　高潮

激励事件　高潮　　　　恩宠时刻　　　高潮　　最终事件　　高潮

图 16.1　三幕戏剧结构分布图

的故事在眼前迅速生成时，你或许会异常兴奋。它需要创造与融合的技巧，并且可能需要无数次的重复。一旦你开始了，神奇的事情就会发生。你会发现不同人物的多重戏剧点可以自然地在同一个场景中进行自由组合。这需要花费一些时间，同样也需要你的冥想与放松。慢慢计划，不要急于求成。

　　然而，这里还是有一些可以帮助你的规则。但在讨论这些规则之前，我们首先需要给三幕戏剧的时间线做一些标记。

　　在图 16.1 中，你会注意到每一幕都被分为了两个部分，分别标记为 1A 与 1B，2A 与 2B，以及 3A 与 3B。其中数字指代的是三幕的序号，而 "A" 指代的是该幕的前半部分，"B" 指代的是后半部分。在这六部分每一个的结尾处，都有一个 "转折点（turning point）"，我将它们简单地标记为 1A–TP、1B–TP、2A–TP 等等。传统的 "幕间（act breaks）" 会在 1B–TP、2B–TP、3B–TP 的位置上（或之后）发生，而这些也就是电影的高潮。我用了实心的黑色大圆点来表示每一幕的高潮。具有激励性的事件发生在 1A–TP，恩宠时刻发生在 2A–TP（用空心的原点表示），"最终事件（final incident）" 发生在 3A–TP，而故事的结局就在 3B–TP 之后出现。

16.2 开端，中段，结局

　　三幕结构其实是一系列的结构的汇总，在三个部分中都蕴藏着固定的结构设置。整部电影拥有三幕剧——开端（第一幕），中段（第二幕），以及结局（第三幕）。在每一幕中也同样包含着三个部分：开端（A 部分），中段（转折点），以及结局（B 部分）。而在人物的轨迹情节表中，每一个人物也有着他自己的三幕结构：开端（前期行为），中段（改变事件），以及结局（后期行为），主角的三幕结构正好完全符合了电影的三幕戏剧形式。[①]

16.3 情节设置规则与决定

轨迹情节表中的内容应该如何放置在故事的时间线上？对于这一问题的解决方案，有时会很明显。所以当你遇到时，应该着手先去解决它们。

应当围绕着你的人物介绍来设置解决方案。举例来说，每一个人物都有一个情节元素，用以描述他们与主要目的相关的前期的行为特征。对主角而言，就是联系着主角的主要目的、联系着电影的客观现实主线的特征。这些特征需要在影片开头的介绍性场景中就呈现出来，一般是在第一幕的 1A 段落中。如果人创意上考虑得足够周全，那么与这一人物的目的相关的所有特征，最好都能够在 1A 中揭示出来。可能的话，尽量在同一个介绍性的场景中出现。当然，这需要借助杰出的天赋。尽管目的越早被揭示给观众，人物在每一幕场景中的动机就显得越自然，但也不必非要揭示出人物的每一个目的。

前期行为特征会在剧本中奠定一个人物介绍的描绘模式。也就是说，通过描绘这些前期行为的内容，本质上你也就是在创作这个人物的介绍性脚本了。

接下来在故事时间线上一个较为明显的戏剧点设置，应该就是人物目的的改变事件了。主角主要目的的改变事件很明显是发生在电影的恩宠时刻，而其他角色的改变事件最好是设置在他们自己的场景中，这样观众至少可以在潜意识里记住这些改变。我不提倡将不同人物的恩宠时刻组合在

---

① 在整部电影的叙事中充满了三幕结构。每一段场景的排列都包含着开端、中段和结局，每一个单独的场景内部也是如此。即便是用于玩笑的画面或者台词妙语都被细致的设置在三段组合中。

同一个场景中，尽管有时候这样可能会达到最好的效果。次要人物的恩宠时刻或许最适合发生在第二幕之内，而非第一幕和第三幕。但是我们将会在终极案例（第十七章）电影《勇敢的心》中看到，在第一幕与第三幕中同样也有恩宠时刻的出现。

后期行为这一栏内容的填写，理应放在每一个人物的恩宠时刻之后来进行，尤其是在第三幕中，主角人物经历成功，对立角色遭遇失败时。归结而言，第一幕是作为介绍前期行为特征的，而第三幕用来解答后期行为特征。

16.4 虚拟的卡片技巧

为了从技术上实现这一点，可以使用图形计算机程序在屏幕上创建一些可活动卡牌，或者在墙上钉一些卡片。每一张卡片都代表电影中的一个场景，或者至少代表一个戏剧点。①

下面是我的做法。首先用常规的文字处理程序，例如微软的 Word 来建构我的轨迹情节表。当我准备开始排列戏剧点的时候，我使用苹果公司的图画程序，在电脑屏幕上创建一些虚拟的彩色卡片：每一张卡片都代表电影中的一个场景。我从轨迹情节表中复制下一个戏剧点的内容，将它们粘贴到这些图形卡片上。苹果的用户界面允许我在屏幕上轻松地移动这些卡片和文字，然后排列这些场景与戏剧点，以求达到最好的戏剧效果。

通常情况下，每一个戏剧点都需要一张单独的卡片。但是当你逐步深入时，你会意识到戏剧点之间开始自发地出现关联，尤其是在转折点与高潮部分。你将逐渐发现一些特定的场景自身就包含着许多不同人物的戏剧点。情节开始自然而然地产生，并且产生协同作用。当你能够将不同人物的戏剧点结合在同一个单独的场景中时，故事场景的结合就会变得异常强大。

为了帮助自己始终在正确的轨道上工作，我会对复制在卡片上的文字

---

① 当你具体的表现你的故事，想要在其中加入一些过渡转变、设置以及高潮结局时，你可以加入一些卡片，而无需加入具体的戏剧情节点，但是这实际上超出了本书以及本章步骤的范围。在这一步中，我们旨在排列严格与故事相关、与道德前提决定的人物轨迹相关的主要戏剧点。

内容进行编码，这样我就可以查找到它们分别对应着轨迹情节表中的哪一部分。举例来说，假设我的主角名叫莱斯特，他拥有一个家庭目的，我就会将"莱斯特的家庭目的——前期表现"这一格编码为"L-FG-BB"。往后，在深夜时刻当我对我的工作产生困惑时，我就可以轻易地追溯回去，从时间线的卡片排列上回到我的轨迹情节表和道德前提中。

16.5　行为的跳板

你的情节增强了人物从出场介绍到恩宠时刻的冲突，同样它也创造了戏剧性的场景，使前期行为特征受到了强大的挑战。设想一下在第二幕的2A部分中，人物的前期行为特征让这个人物很难去尝试接受和认同。这种对于角色长期缺陷的挑战逼迫着他开始思考一种完全不同的手段，即道德前提给予的手段。

同样的道理，在恩宠时刻之后，你会需要有不断的戏剧化场景让后期行为特征变得越来越明显，并逐步加强，这样才能够达到最终的故事高潮。设想一下，在第三幕的3A段落中，人物表现出了他的后期行为特征，越来越行动自如。这种自如给了人物信心，让他能在最终事件中或者之后，获得终极的成功。

16.6　转折点的典型特征

你可能从其他地方已经了解了这些内容，但我们还是要来回忆一下转折点的一些典型特征：

（1）转折点就是故事开始朝向一个全新方向的时刻。

（2）主要的转折点是主角做决定的时刻。这个决定并不需要和转折点立即相连，但是转折点不可能在主角没有决定、没有行动的情况下发生。

（3）所有的主要角色都拥有转折点。尽管电影的主要转折点是关于主要角色的，但辅助故事或辅助情节可能关系着次要角色。

（4）转折点要求一个角色的精神主观决定引发一个客观现实结果。

（5）是接受还是拒绝道德前提，每一个人物必须做出他（她）自己的选择。

（6）有时候转折点会很尖锐，有时候会比较宽泛。当角色的选择与结果产生之间的时间较短时，转折点表现得尖锐，例如某个选择引出了一个立即实现的结果。而当人物的选择与结果产生之间的时间有所延迟时，转折点表现得宽泛，这也就是说，人物的选择直到后期的场景中才完全发挥了其作用。

16.7　偶然性事件

尽管第二部分中的讨论表现出了非常明显的线性特征，似乎已经屏蔽了偶然创意的可能性。但我不得不说偶然性事件还是有很大几率会发生，而且幸运的是，它的逆命题也同样是正确的：那些会将故事带向毫无边际的创作过程，却无丝毫实质性成果的念头，是几乎没有存在空间的。在我之前探讨的方式中，有效的偶然事件会自然而然的发生，并且会和电影的真实意图保持一致。由于我知道角色必须做些什么来保持他们目的的一致性，所以用这样的方式来创作，让我时常会惊讶于情节问题怎么能如此充满创造力的被迅速解决。

16.8　三幕戏剧的元素探讨

当你开始从轨迹情节表中排列戏剧点时，请允许我详细的评论一下这些三幕戏剧中的各个元素，以及你该如何将这些戏剧点排列进你的故事中。此处我们看看图 16.2，以便讨论之后的内容。为了更进一步地帮助你理解，我将在第十七章中讨论一个终极案例：电影《勇敢的心》。

三幕戏剧的各部分

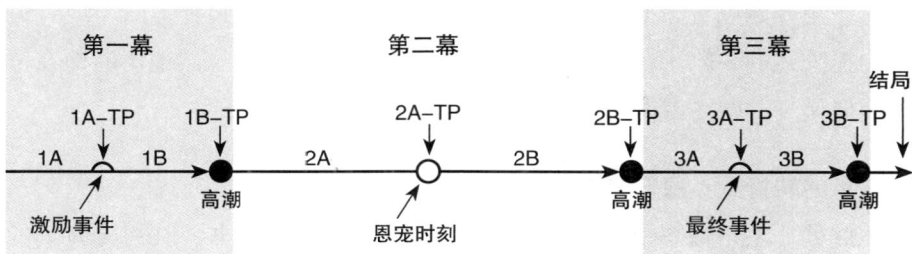

图 16.2　三幕戏剧结构分布图

第一幕 1A

"新机会"或者激励事件之前的生活。我们遵循主要人物的基本生活线、设定以及他所处世界的面貌。在这里呈现主角做出主要（也可能是次要）决定的客观现实和精神道德过程，也就是说，人物道德轨迹的开端段落。电影中的每一件事在之前的部分中都是有所预兆的，尤其是大部分都来源于第一幕的 1A 段落，记住这一点将会对你非常有帮助。我认为只有在 1A 部分中你才能完整的介绍新观点，剩下的所有事情都是从此处开始，按照逻辑的顺序发展、结束，或是付出代价。

第一幕的转折点：激励事件 1A–TP

通过激励事件，"新机会"被揭示了。这个新机会有一个清晰的、可定义的目的，而主角要实现这个目的。

第一幕 1B

主角拒绝了这个新机会，尝试能够继续保持他从前的生活以及对待事物的方式。但是不断地有压力与障碍推动他去考虑并接纳这个新机会。

第一幕的转折点：第一幕高潮 1B–TP

主角被迫接受了新机会，并且设想或是明确地表达了一个清晰的客观现实目的。这成了电影的客观现实主线。

第二幕 2A

主角开始朝着新的目的作出努力——通过他旧有的道德方式，或者道德前提陈述的缺陷手段。事情并没有朝好的方向发展，虽然他不断地在努力，但是失败始终占据支配地位。

第二幕的转折点：恩宠时刻 2A-TP

此处，主角被赐予恩宠，用以改变他实现目的的方式。在恩宠时刻的语境下，这个转折点是最为重要的，尽管它也可能是最微妙和最不易察觉的。它大约发生在整部电影的半途。在一部喜剧作品中，主角选择了这一恩宠，将自己的行为方式改变成为道德前提陈述中的美德表现。而在一部悲剧作品中，主角拒绝了这一恩宠，并且倒向了道德缺陷的包围之中。主角可能并没有明显地察觉到自己的所作所为，但只要构建得恰当，对立角色的反推力就会迫使着主角转向新的行为方式（或者更深的陷入之前的缺陷之中），如此结局就会顺从逻辑，无法避免地发生。

第二幕 2B

主角利用道德前提的美德表现，以全新的行为方式，朝着目标做出坚实的努力。但是主角的行动过程仍然受到阻挠，使得他的诉求逐步升级到了第二幕的高潮。

第二幕的转折：第二幕高潮 2B-TP

主角面对着一个主要的障碍，并且能让他回头的桥梁已经摇摇欲坠。这一切迫使着主角只能以新的行为方式来追逐自己的主要目的，再没有回头的路了。

这个转折点可以通过一个关键的发现来激发，这个发现更强烈的刺激并震撼了主角，将他推到了桥梁的另一端，并且立刻焚毁了退路。当然它也可以是由激怒对立角色而引发的。其他的时候，它意味着主角解开了一个关键的谜团，使自己从精神主观与客观现实上都意识到接下来将要做什么。在这个时刻，主角终于明白想要切实地实现目标，就必须完全接受或者拒绝道德前提。事实上，它就使主角从一个道德掩体转向另个道德掩体的地方。或者，它可能是主角摘掉了他从电影一开端就一直戴着的精神面具，让其他人看见了他究竟是谁。

电影《意外边缘》的第二幕高潮发生在露丝·福勒向她的丈夫麦特撒谎，告诉他理查德·史托偷偷地跟踪她，并且对她不怀好意地笑。在那一刻，麦特决定杀死理查德，而在下一个场景中，他就向朋友威廉寻求了帮助。麦特摘下了他身为一个医生的面具，展现了他作为一个谋杀者的真实属性。尽管我们直到最后一刻才意识到。而露丝同样摘下了她身为一个教师和护理人的面具，呈现出了她真正想要成为的样子，一个毁灭者。这一切都是在同一个场景中发生的。

电影《冒牌天神》中，就在布鲁斯最终获得机会成为一名晚间新闻主持人的时候，他却走了出去，来到热闹的大街上，永远放弃了新闻主持人的工作，为的是完全领悟自己需要明白的道德前提。

电影《军官与绅士》中，好友席德的突然死亡，将扎克推到了桥的另一端，而扎克此前狂妄的生活真相被震撼性地揭示了。就在这时，扎克认识到自己就像席德一样，被父母压榨着。而他一直痛恨着这一点，但他也在对宝拉做着同样的事情。

第三幕 3A

现在，倒退成为了非常现实的巨大威胁。现实与精神上的危险都在成倍增长，而主角没有任何途径（客观现实或精神主观）可依靠，用以摆脱这种处境，因为主角的身后就是一面高墙。

在一部动作冒险电影中，第二幕 2B 段落中的危险可能很小，进展很缓慢，并且只牵涉了一小部分其他的角色；但是当出现在第三幕的 3A 段落中时，这个危险会是巨大而迅速的，并且覆盖了许多人物。在第二幕 2B 中，主角也许只是被坏人追捕，但是在第三幕 3A 中，主角还会同时被警察追捕。

第三幕的转折点：最终事件 3A-TP

主角必须面临"死亡"，并且为了完成目的，有拥抱死亡的心理准备和意愿。他的甘愿牺牲必须是真诚并且可信的。此处的事件是推动故事进入高潮的"最终事件"，与第一幕 1A 的转折点一样，如同一对书挡。

第三幕 3B

主角与"死亡"或者成功的殊死战斗，引出了所有的客观现实与精神主观事件的终点。它一路展示了主角以及对立角色各自拥有的才智与坚毅，直到影片最后一刻。

第三幕的转折点：电影高潮 3B-TP

在影片最后，主角或成功或失败，或是稳步追寻到自己的目标，或是遭到彻底的灭亡，而对立角色与之正好相反。

结   局

将松散的结局绑定在一起，并且找到一个方法来形象地表达出道德前提。如果必要的话，可以通过某句精练的台词。这里就是你告诉所有的观众，电影的真实意图究竟是什么的地方。例如，在电影《飓风》的结尾，就在联邦法庭将要释放鲁宾·卡特的几分钟之前，卡特对他年轻的拥护者莱丝拉·马丁说："仇恨让我进了监狱，而爱最终将让我从这儿出去！"（电影 2 小时 14 分钟处）这句台词正是对电影道德前提的近乎完美的陈述，是每一个主要转折点的核心：

仇恨导致监禁，而爱带来自由。

Chapter 17

终极案例：电影《勇敢的心》

BRAVEHEART:
A CAPSTONE EXAMPLE

作为最终的案例，让我们来检验一下 1995 年学院奖的最佳影片——《勇敢的心》。故事讲述的是，在 13 世纪，一个拥有着独一无二的热情与技艺的平民——威廉·华莱士，放弃了自己的自由生活，帮助苏格兰完成统一，并让苏格兰贵族罗伯特摆脱了英格兰残暴统治的阴影。首先，我们需要考察这部电影的道德前提；其次，我们要为电影中的几个中心人物创建轨迹情节表；第三步，我们要为这部影片的三幕结构设定主要的戏剧点。

17.1 电影《勇敢的心》的道德前提

在解密电影《勇敢的心》的道德前提时，有几个关键性的主题应该被考虑到：

（1）充满爱的拥抱可以为仇恨松绑；

（2）有两条截然相反的路通向和平——接受暴政及它所带来的羞辱与伤害，或者为了自由而反抗，并接受可能的死亡；

（3）妥协的源头是贪婪与背叛，这是对战争的逃避；

（4）贵族应该利用他们的地位来保护普通的民众。

要从零开始构建道德前提，就需要考察从每一对因果关系中再现的主旨，特别是主角与对立角色的行为，以及相应的结果。有一个主旨关于始终胆小懦弱的苏格兰贵族，他们为了能够换取到头衔、地位以及钱财，而将国家当作可以妥协的代价。其结果是对普通人的压制，以及愈加繁重的英格兰赋税。这种和平的代价，对贵族来说是可以负担并且合情合理的。但吝啬的英格兰人显然不止于此，他们要施加给苏格兰更加长久的奴役。

当威廉·华莱士和自己童年时的玩伴梅伦秘密地结婚后，事情开始发生转变。婚后没几天，一名英军士兵想要强暴梅伦，华莱士帮助她与士兵对抗，将她送上马背并催促她快跑，随后自己也逃进了树林。但是华莱士没料到，梅伦被另外的士兵抓住了，并被带到了英军行政官那里。得知国王的士兵遭遇了袭击后，恼羞成怒的行政官认为抓到了机会，使他可以展示对平民权利的蔑视。他满怀鄙夷地公然撕开了梅伦的喉咙，并向华莱士挑衅。尽管华莱士在此前已经拒绝了反英联盟的邀请，但是现在他决定扛起领导的责任与自由的旗帜。华莱士的战斗悲壮的持续着，直到他死亡的那一刻。

在电影的中段（1 小时 35 分钟处），苏格兰贵族授予华莱士骑士爵位，作为他保卫苏格兰的奖励，而华莱士愤怒地反驳道：

威廉·华莱士

　　你们为了长腿（英格兰国王）剩给你们的残羹冷炙而争论不休，却忘了上帝赐予你们的更大的权利。我们之间存在着差异。你们以为苏格兰人民生来就是为你们效忠的，但我却认为你的地位是用来给所有人民带来自由的。我要去确认的就是，他们是否真的获得了自由。

这段话很好地概括了故事道德前提的两面。缺陷面就是贵族因为自身对地位的贪婪，而胆小地向英军妥协，与之相对立的美德，就是他们本应履行的神授的职责：不顾一切地为人民提供自由。而这正是我们的英雄角色内心自发的职责召唤，他要站出来替代他们。同样可以作为证据的是普通民众们孤立的战斗，始终无法赢得苏格兰的自由。从电影的第一个画面开始，直到最后一幕，我们几乎都可以看到，普通的民众一直在死亡，却几乎没有获得任何实质的自由。只有当苏格兰的统治者罗伯特·布鲁斯以自由权利之名打响战斗，自由才会真正到来。因而，电影《勇敢的心》的完整的道德前提就是：

> 领导者向自由权利妥协的意愿，会导致残暴的专制；而领导者为争取自由权利而奋战的意愿，会带来自由。

或者，将它精练一些：

> 对自由权利妥协，导致残暴的专制；而为自由权利奋战，才会带来自由。

17.2 电影《勇敢的心》的轨迹情节表

现在我们可以用道德前提陈述的普遍性真理，来描述人物的轨迹、恩宠时刻以及故事主要的转折点。

但是首先，请允许我指出，电影《勇敢的心》实际上为我们的主角提供了许多的恩宠时刻。威廉·华莱士是一个经典的史诗性英雄，他并没有等到第二幕的中段，而是在第一幕的结尾处就抓住了道德前提的美德以及他自己的命运，并且从此再没放手。尽管不断地有愈加强烈的考验、阻挠在迫使他转向道德前提的缺陷面，我们的英雄仍然一头扎进了他自己的客观现实目的中，死不回头。类似于《勇敢的心》这样的故事，它将戏剧性的转折点以及恩宠时刻集中在一起，迸发了巨大的故事冲击力。华莱士基于道德前提缺陷面的行为表现，仅仅持续到了第一幕的高潮，也就是当他迫于无奈地接受了诉求之时。在剩下的其他时刻，他一直在被引诱着回到道德前提的缺陷中去，但是他从未接受诱惑，从未软弱，从未放弃他身为史诗英雄的壮丽事业。我将这些特征都标注在了表 17.1 中，其中还表现出了华莱士的三个目的，有部分重合，但也更加宽泛。其中还有华莱士受到的缺陷面的诱惑（阴影格）。简单的说，从第一幕的结尾处开始，直到第二幕的中段，华莱士都是作为一个普通人，在为自由而战；而从第二幕中段开始，直到他在福尔柯克失败，华莱士是作为一名骑士在争取自由。从这一刻直到他的死亡以及之后的段落，华莱士实际是在继续为自由而战，因为他已经赢得了以罗伯特·布鲁斯为代表的苏格兰贵族的决心。

表 17.1 《勇敢的心》主角轨迹情节表

道德前提：领导者向自由权利而妥协的意愿，会导致残暴的专制；而领导者为争取自由权利奋战的意愿，才会带来自由。

主角　目的 威廉·华莱士	前期行为 （缺陷表现）	改变事件 （恩宠时刻）	后期行为 （美德表现）
第一幕 作为普通人：解除英格兰人的残暴统治，将自由带给苏格兰。	华莱士想要向自由妥协，以求能够组建一个家庭，过着平静安宁的务农生活。	第一幕的结局： 一名英格兰的行政官撕开了梅伦的喉咙，并向华莱士挑衅。	华莱士开始战斗，并且几乎用"苏格兰的勇气（Scottish Soil）"摧毁了英格兰引以为傲的威严。
第二幕 作为骑士：为了苏格兰人民的自由而战斗，而不是为了保护自己的地位。	（华莱士受到了贵族的诱惑，并且英格兰国王爱德华一世试图通过伊莎贝拉折中谈判，避免挑起战争。）	第二幕中段： 华莱士被封为骑士，并发誓以他的新地位来赢取苏格兰的自由。	华莱士发起了对英格兰的战争，并且做好了死亡的准备。
第三幕 传奇与死亡：将勇气植入了苏格兰贵族的内心，让他们利用自己的地位来捍卫自由。	（华莱士被引诱向国王宣誓效忠，并经受严刑拷打。）	第三幕的结局： 英格兰法庭、伊莎贝拉以及华莱士的刽子手都向他提出了妥协的办法。伊莎贝拉甚至暗示他，她怀了他的孩子，将来等她掌管了英格兰，华莱士就可以成为她的亲王。	华莱士英雄一般的死去，临死前说了一个词"自由"，这个词将他那颗勇敢的心传递给了苏格兰的贵族们，让他们赢得了最终的自由。

我举这个例子的目的，和本书中所有其他的例子一样，并不仅仅是为了分析成功电影的剧作结构，而是形象化地阐释你该如何在你自己的故事中应用一个相似的结构。因为这个目的，表 17.1 也提供了由道德前提定义的另外一种主角的轨迹。可想电影《超人总动员》的轨迹情节表，我们看到四个主角拥有四个不同的个人目的，以及一个普遍的客观现实目的，这些都支撑着同一个道德前提。在电影《冒牌天神》中我们看到一个主角可以在自己生命的不同领域，拥有不同的客观现实目的，而它们也同样指向唯一一个道德前提。而现在，在电影《勇敢的心》中，我们看到主角始终拥有一个相同的客观现实目的，只是在三个不同的层面上，在生命中三个不同的时间段，支撑着一个道德前提。

现在，注意在表 17.2 中，一个类似罗伯特·布鲁斯这样的人物如何因为一对彼此相反的目的（一个属于缺陷，一个属于美德）而拥有两条连贯的轨迹，并通过转折点，在我标记的第二次恩宠时刻的作用下，从一条轨迹跨越到了另一条上。

表 17.2 《勇敢的心》其他人物轨迹情节表			
道德前提：领导者向自由权利而妥协的意愿，会导致残暴的专制；而领导者为争取自由权利奋战的意愿，才会带来自由。			
目的 罗伯特·布鲁斯 （以及其他贵族）	前期行为 （缺陷表现）	第一改变事件 （恩宠时刻：道德前提被拒绝）	后期行为 （更深入的缺陷表现）
为苏格兰带来和平。 （第一条轨迹：罗伯特是对立角色）	罗伯特渴望和平，并且为了得到苏格兰的王位几乎愿意付出任何代价。他与其他的贵族一样，在"长腿"爱德华一世与抗争的苏格兰民众之间斡旋。	华莱士被封为骑士，苏格兰贵族为了他们的皇室血统而争执不休。华莱士给了他们一个道德选择：地位，还是人民。罗伯特最开始接受了道德前提的美德面，但后来在父亲的监管下，拒绝了它。	罗伯特在福尔柯克背叛了华莱士，导致华莱士被击败，苏格兰人民被屠杀。 （跨越点）

表 17.2（续表）			
（注意改变） **→**	**前期行为** **（缺陷表现）**	**第二改变事件** **（恩宠时刻：道德** **前提被接受）**	**后期行为** **（美德表现）**
（第二条轨迹：罗伯特是联合主角。）	罗伯特在福尔柯克背叛了华莱士，导致华莱士被击败，苏格兰人民被屠杀。 （跨越点）	罗伯特来到战场，四周都是悲痛的寡妇与孩子，正在为他们牺牲的丈夫、父亲和朋友哭喊。罗伯特对自己的背叛行为以及罪恶的决定万分后悔。	罗伯特看到自己患了麻风病的父亲开始逐渐腐烂，而他似乎也一样，因为他没有一颗勇敢的心。最终他向父亲宣称："我不会再站在错误的那一边了。"罗伯特领导了与英军的决战，并且赢得了苏格兰的自由。
对立角色目的 **"长腿"** **爱德华一世**	**前期行为** **（缺陷表现）**	**改变事件** **（恩宠时刻：道德** **前提被拒绝）**	**后期行为** **（更深入的缺陷表现）**
保持英格兰对苏格兰的专制统治。	准许英格兰贵族与苏格兰贵族互相往来，这让两边都变得愈发贪婪，从而不愿意反抗他的统治。	一些事件： ——在斯特灵华莱士要求国王的手下离开，并且为他们在苏格兰的强暴、掠夺行为忏悔。 ——"长腿"收到了华莱士寄来的约克郡长官的头。	"长腿"不重视他的军队的生命，连同伊莎贝拉、他的儿子、爱尔兰人以及苏格兰人的生命。最后，他自己受到了专制统治的苦果：当他临死时，伊莎贝拉对他耳语："你的儿子不会在王位上坐多久的，我保证。""长腿"的死是失败的，而华莱士虽死犹荣，他最终胜利了。

17.3　电影《勇敢的心》的主要戏剧点

现在我们已经有了《勇敢的心》的道德前提和轨迹情节表，可以设想一下它们是如何通过此前第八步的方法，情节化为电影的主要戏剧点的。

开始前，先插入一些题外话。

再次声明，尽管我们的确是在《勇敢的心》早已成功这个事实之后才来设计这些情节点的，但是这一部分的目的其实是在于让你明白一个成功的故事结构是什么样子的，这样你才能将它浸透在你自己的工作中。理论上，[①] 你将按照这样的顺序进行：(1) 设定一个道德前提；(2) 创建轨迹情节表；(3) 依靠轨迹情节表决定主要戏剧点的排列。这之后，你就可以开始根据轨迹情节表以及主要戏剧点来具体设定你的故事情节了，通过增加场景与细节将故事完整地连接起来，从一个主要情节点，发展到转折点，再到下一组。

题外话结束，回到电影《勇敢的心》的结构中来。

我们需要利用三幕结构中的每一个主要情节点，所以你可能希望参考一下图 17.1。

三幕戏剧的各部分

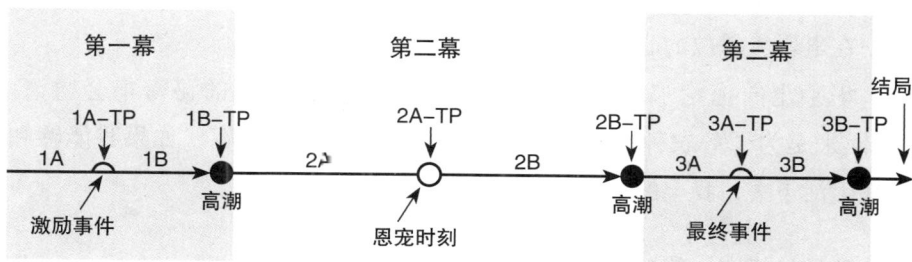

图 17.1　三幕戏剧结构分布图

---

① 我认为在这里用"理论上"这个词更加明智。因为，我希望你能够以一种可能不尽相同的顺序来决定你故事中的主要戏剧点，但要将描述了最后结果的理论始终铭记在心中。

第一幕 1A

"新机会"或者激励事件之前的生活。我们遵循主要人物的基本生活线、设定以及他所处世界的面貌。

在电影《勇敢的心》中：

苏格兰的普通民众被"长腿"的英格兰军队谋杀残害。年轻的威廉·华莱士想要和父亲一起与英格兰人战斗，但是却被阻止了，然后变成了孤儿。

第一幕的转折点：激励事件 1A-TP

通过激励事件，"新机会"被揭示了。这个新机会有一个清晰的、可定义的目的，而主角要实现这个目的。

在电影《勇敢的心》中：

成年的华莱士目睹英格兰贵族抢走了一名年轻的新娘，因为"贵族"声称自己拥有享受初夜的权利，即在新婚的第一夜将他人的新娘带到自己的床上。

第一幕 1B

主角拒绝了这个新机会，尝试能够继续保持他从前的生活以及对待事物的方式。但是不断有压力与障碍推动他去考虑并接纳这个新机会。

在电影《勇敢的心》中：

华莱士向梅伦求婚，但是他拒绝了一个反抗英军的秘密集会邀请。"我回来是为了务农种地，并且遵从上帝的旨意组建家庭。如果我能够和平地生活下去，我会的。"

第一幕的转折点：第一幕高潮 1B-TP

主角被迫接受了新机会，并且设想或是明确地表达了一个清晰的客观现实目的。这成为了电影的客观现实主线。

在电影《勇敢的心》中：

华莱士阻止了一名英格兰士兵强暴梅伦，但是她却遭到了英格兰行政官的杀害。华莱士设定了一个目的，那就是要从英格兰手中夺回苏格兰的自由。

第二幕 2A

主角开始朝着新的目的作出努力——通过他旧有的道德方式，或者道德前提陈述的缺陷手段。事情并没有朝好的方向发展，虽然他不断地在努力，但是失败始终占据支配地位。

在电影《勇敢的心》中：

华莱士以普通人的身份与英格兰人战斗。但是他的死亡早有预兆，因为苏格兰贵族宁可妥协，也无法对他的领导给予全心全意的支持。值得注意的是，华莱士愿意为了苏格兰而牺牲，但此时他还并不是苏格兰领导层的一部分。尽管华莱士代表了全体苏格兰的意愿，妥协的念头仍然在贵族们的心中活跃着。而苏格兰也仍然处于奴役束缚之中。

第二幕的转折点：恩宠时刻 2A-TP

在此处，主角被赐予了恩宠，用以改变他实现目的的方式。主角会将其纳入考虑，并且拥抱它，尽管这种拥抱可能并不会带来立竿见影的结果。

在电影《勇敢的心》中：

华莱士被封为骑士，现在他成为了苏格兰人的领导者之一，而他也必须说服其他领导者和他一起为了苏格兰的自由而战。但是背叛行为已经在酝酿中。

第二幕 2B

主角利用道德前提的美德表现，以全新的行为方式，朝着目标做出坚实的努力。但是主角的行动过程仍然受到阻挠，使得他的诉求逐步升级到了第二幕的高潮。

在电影《勇敢的心》中：

华莱士袭击并且占领了约克郡，一块属于英格兰的土地。华莱士坚定地站在道德前提的美德面，但是他也受到了来自伊莎贝拉的引诱，她以国王的妥协承诺来引诱他。而作为一个整体的苏格兰，实际上是在罗伯特·布鲁斯患了麻风病的父亲的统治之下，他的父亲准备接受妥协。

第二幕的转折点：第二幕高潮 2B–TP

主角面对着一个主要的障碍，并且能让他回头的桥梁已经摇摇欲坠。这一切迫使着主角只能以新的行为方式来追逐自己的主要目的，再没有回头的路了。

在电影《勇敢的心》中：

华莱士在福尔柯克被击败，他的军队也成批阵亡。苏格兰贵族妥协投降了，留下华莱士作为国王军队的俘虏。在罗伯特的另一个恩宠时刻里，罗伯特帮助华莱士逃脱追捕与死亡的威胁。

第三幕 3A

现在，倒退成为了非常现实的巨大威胁。现实与精神上的危险都在成倍增长，而主角没有任何途径（客观现实或精神主观）可依靠，用以摆脱这种处境，因为主角的身后就是一面高墙。

在电影《勇敢的心》中：

华莱士的军队治愈了他的伤口，罗伯特也拒绝了父亲的要求。华莱士杀死了莫内与罗克兰——两个苏格兰贵族中的背叛者。华莱士的精神财富日益增长，但他的弱点也在增长。"长腿"试图暗杀华莱士。华莱士约见了伊莎贝拉（她与王子的婚姻并不圆满），并且华莱士承认了他对她的爱，也证实了她对自己的爱。在这个早晨，他曾经普通的血统现在已经变得神圣而高贵，因为她怀了他的孩子。

第三幕的转折点：最终事件 3A–TP

主角必须面临"死亡"，并且为了完成目的，有拥抱死亡的心理准备和意愿。他的甘愿牺牲必须是真诚并且可信的。此处的事件是推动故事进入高潮的"最终事件"，与第一幕 1A 的转折点一样，如同一对书挡。

在电影《勇敢的心》中：

华莱士面见罗伯特·布鲁斯，要求将苏格兰军力团结起来。他们两人谁都不知道另一名苏格兰贵族克雷格与罗伯特的麻风病父亲以及英格兰国王合谋，设计抓捕华莱士。华莱士现在面临着死亡，即便他的领导已经开始激励罗伯特自身的英雄气概。

第三幕 3B

主角与"死亡"或者成功的殊死战斗，引出了所有的客观现实与精神主观事件的终点。它一路展示了主角以及对立角色各自拥有的才智与坚毅，直到影片最后一刻。

在电影《勇敢的心》中：

华莱士被逼着认罪，这样会得到一个相对痛快的了结。伊莎贝拉用爱、止痛药来诱惑他，甚至告诉他，他可以一直在塔中苟活直到她成为女王，这样华莱士就可以成为亲王。但是任何事都不能打破华莱士的意愿，即便是被刽子手开肠破肚。

第三幕的转折点：电影高潮 3B-TP

在影片最后，主角或成功或失败，或是稳步追寻到自己的目标，或是遭到彻底的灭亡，而对立角色与之正好相反。

在电影《勇敢的心》中：

华莱士在死前仍然高喊着自由，而后他便身首异处。"长腿"在自己死前得知，他的血统已经走到末路，相反，华莱士的后代将继承王位。身为一个领导者，华莱士心甘情愿地赴死了，但他的血统存活了下来，而残暴的"长腿"在失败中死去，他的血统也被中断了。

结　局

将松散的结局绑定在一起，并且找到一个方法来形象地表达出道德前提。如果必要的话，可以通过某句精练的台词。这里就是你告诉所有的观众，电影的真实意图究竟是什么的地方。

在电影《勇敢的心》中：

罗伯特·布鲁斯被华莱士彻底激励后，领导了一场惊人的起义来对抗英格兰军队，并且赢得了苏格兰的自由。

Chapter 18

结　论

CONCLUSION

　　好东西得之不易。融入一个真正的道德前提并不容易，但是却非常有价值。按照第二部分的步骤，为你的每一个主要人物做情节编排，你就能将每一个主要戏剧点都准确安置在故事的情节与辅助情节中。完成所有的故事时间线需要花费大量时间，因此我要再一次强调，不能急于求成。当你在工作时，要留出适当的休息时间，让你的右脑周密地考虑故事该怎么继续。如果你已经完成了所有左脑控制下的工作，那么右脑将会接手，并做出更重大的贡献。有一个工作伙伴在一起会很有帮助，毕竟两人协作会比任何人独力完成更省事。

　　一旦你已经完成了每一个情节点的设置，你就可以开始着手写作第一版的剧本草稿，并且把细节填充进去。当然，这里的每一步都不是小工程。第一稿仿佛会自发地完成，因为你已经在道德前提的指引下，赋予每一个人物深度和方向，并将每一个场景、每一个戏剧点构建出来了。我保证，你不会有编剧的困境。你将清楚地明白故事应该从何处开始，中间需要发生什么，以及如何结束。

　　在你写作的过程中，如果有某个人物想要逃离，做一些不在轨迹情节表中的事情，或者时间线情节点之外的行为，那么请允许他，或者是她。

至少，先让他们自由发展一段时间，看看会发生什么。这会是一次偶然性事件，你将会很快知道它究竟能不能奏效。

你也可能会遇到这种时刻，当你想要改变故事的走向，因为可能某一个次要人物看上去要更加有趣一些，于是你会跟自己或者你的工作伙伴争论，是否应该让这个次要人物成为主角。这样的尝试是没有错的，它们都很正常。但是，沿袭着这本书里指出的道德前提的理论，你将能够很快地辨别出重新安排角色的利与弊。你甚至会开始考虑更换道德前提，这也同样是正常的。这个过程中最伟大的事情在于，只需要一点点的实践，你就能明白怎样能够更成功地构建主要人物的轨迹、转折点、以及故事高潮。

当你完成这些工作时，你将会获得剧本的第一稿。当然，在成为正式的剧本之前，还需要有很多次的版本修改要完成。但是有一点，也是很重要的、毋庸置疑的一点，那就是你的故事已经建立在一个强大、可行、统一的结构和真实的道德前提之上了，它很明白应该从哪里开始，又将走向何处。

恭喜你。

让我知道它怎样进行。

结　语

你已经走过了一条漫长的道路，我希望你感觉到自己已经初窥门径。我的确希望如此。我和你们分享的是关于故事的最有效、最权威的理论之一，以及你们该如何将它纳入自己独一无二的作品中。无论你是在为银幕写作，还是电视机荧屏、长篇小说、短篇故事或是舞台，道德前提也依然是我所知道的，能够最大限度地将你的故事结构聚焦成一个令人满意的整体的好方法，并且能确保其成功。

还有最后一件东西我想留给你们，那就是道德前提可以被缩写成为几个非常简单的词语：

　　征服恐惧（varquish fear）
　　授予希望（bestow hope）

你看到了么？道德缺陷导致恐惧，而美德带来希望。观众满世界地寻找那些可以驱走恐惧、给予他们希望的电影作品。当然这并不意味着他们会排斥恐怖电影，但是他们更想要在电影结束之后，收获到新的希望。类似《午夜凶铃》（The Ring，1998）或者《异形》（Alien，1979）这样的恐怖电影，其实和《冰川时代》（Ice Age，2002）、《超人总动员》等电影一样，都在最后给了观众希望。如何做到的？通过道德前提，它们告知了观众一个能让生命更加美好的普遍真理。

而这也就是道德前提可以为你的写作事业贡献的东西——征服恐惧，授予希望。

附录一

研究摘要

　　这本书源于我在 1994 年至 1998 年间进行的定性与定量研究。以下是我这份研究（大约 600 页）的一个摘要，在 UMI 博士论文数据库中可以找到。这些研究结果都表明了，一部电影的道德前提的一致性和真实性，与这部电影的票房成功之间存在着一种强烈的关联。由于样本量的短缺，这些结论都不具备统计学上的重大意义。此后，非正式的研究却进一步证实了这些发现的重要性。

叙事论证的有效利用与电影的流行度

（NARRATIVE ARGUMENT VALIDITY AND FILM POPULARITY）

斯坦利·D. 威廉斯

（STANLEY D. WILLIAMS）

1998 年 12 月

韦恩州立大学（Wayne State University）

　　剧情片的制片人一直渴望着了解成功电影创作的特性。这个描述性的研究考查了被提出已久的成功叙事的元素：前提以及它在电影中每一个独立的场景中形成的逻辑化的支撑，这也最终预言了电影票的售出量。

　　就像一场不拘形式却又颇有效的论证，借用了许多的证据来引导听众接受一个结论一样，一部电影，也同样通过每一个场景来运用一系列不拘形式的证据，有效地证明这部电影叙事中的道德前提真理。主要的研究问题是：是否有证据可以证明，一部电影的有效论证可以预测这部电影对于特定观众的流行程度呢？有关性欲、家庭、金钱以及权力等等常规意识形态价值观的封闭集合，被呈现在我们面前了。在提到的 12 部电影的任意

$$V= \left\{ \sum_{x=1}^{x=n} \frac{Vs_x + Vp + Vsp_x}{3} \right\} / n$$

电影有效性的公式（Flim Validity Equation）

一部中，场景的核心寓意以及单部电影的前提，都在与通过普通观众表现出的每部电影的有效性进行定性地比较研究。

V 代表的是电影的有效性，Vs_x 是每一个独立场景体现的有效力，Vp 是前提的有效力，Vsp_x 是衡量每一个场景对前提的支撑力度，而 n 代表的是在一部特定的电影中场景的数量。

这里选取 6 部影片以及它们各自的续作为研究对象，以减少数据的波动。它们分别是：《疯狂高尔夫》（Caddyshack，1980），《疯狂高尔夫2》（Caddyshack II，1988），《终结者》，《终结者2》，《致命武器》（Lethal Weapon，1987），《致命武器2》（Lethal Weapon II，1989），《虎胆龙威》，《虎胆龙威2》，《城市滑头》，《城市滑头2》，《新岳父大人》（Father of the Bride，1991），《新岳父大人2》（Father of the Bride II，1995）。

研究结果表明，一部针对特定观众群的电影的流行程度，在某种程度上，是可以被预测的，即通过对每一个场景的核心寓意以及电影整体（道德）前提的定量评估。

根据皮尔森（Pearson）的理论：电影有效力与票房收益的 r 型关联——所有 12 部电影的计算值为 0.618，6 部动作电影为 0.474，6 部喜剧电影为 0.824，而 8 部表达最为适度的电影达到了 0.876。

道德前提与主题索引

《美丽心灵》 将自己的幸福依赖于别人身上，只会前功尽弃，鼓足勇气承担起使自己幸福的责任，才会带来真正的效果。

《勇敢的心》 对自由权利妥协，导致残暴的专制；而为自由权利奋战，才会带来自由。

领导者向自由权利妥协的意愿，会导致残暴的专制；而领导者为争取自由权利奋战的意愿，会带来自由。

《冒牌天神》 一心期待奇迹，或是指望他人代替自己付出，只能诱发挫折、激愤与混乱，而利用自身的天赋，努力成就他人的奇迹，将会收获满足、幸福与安宁。

一心期待奇迹，只能引发挫折与沮丧，而努力成为奇迹，将会收获幸福与安宁。

成就奇迹！

《城市滑头》 自私自利最终会引来痛苦与焦虑，而无私无畏将会带来幸福与欢愉。

《燃眉追击》 力量才是硬道理；沉默是最伟大的热情。

《虎胆龙威》 无止境的仇恨报复导致死亡与毁灭，而勇于牺牲的爱将带来新生与荣耀。

真爱不死。

一个不讨喜的男人，也可以凭借他的善良正义战胜强大而贪婪的恶魔。

勇士斩杀恶龙，赢得公主真心。

坚毅的心终将获得救赎。

无止境的仇恨报复带来新生与欢愉，而勇于牺牲的爱则导致自我毁灭与死亡（错误的前提）。

拉约什·埃格里的说明　冷酷无情的野心，将会导致它自身的毁灭；吝啬导致浪费。

一般的例子　愚蠢导致死亡，而智慧带来生命。

同情带来理解与和平。

自我吹嘘带来耻辱，而谦逊将收获荣耀。

自私导致孤立，而无私带来分享。

放纵的热情会带来风险，而理智的洞察将得到安定。

《飓风》　仇恨把我抛进监牢，而爱让我重获自由。

《意外边缘》　漠视道德的教诲，将会导致死亡与痛苦，而无耻的卖弄道德，更会带来杀戮与恐惧。

关心孩子的身心健康，会带来健康与生机，而损害孩子的身心健康，将会造成伤病与死亡。

《超人总动员》　如果我们一起努力，那么你就不用一个人承担，不用非要变得无比强大。嘿，我们是超级英雄，我们是一家人。

孤身一人与逆境奋战，只能面对脆弱与失败；而一家人协力与逆境抗争，会带来力量与胜利。

007 系列电影　追求权力导致死亡与失败，而追求正义带来生命与成功。

《乞赎的灵魂》（尽管）真相会带来（境况的）变动，但是欺骗将导致绝望。

《大话王》　欺骗引起怀疑与排斥，而诚实的表达内心带来信任与尊重。

《活死人少女》　不享用基督的身体，就会死亡，而享用基督的身体，会获得生命。

《**真爱至上**》　生命的真意在于爱，千真万确。

《**军官与绅士**》　为了更加高尚，必须真诚的将自我交托给他人，但绝不能为他人盲目牺牲。

真诚的将自我交托给他人，最终带来更优质的生活。

对他人的自大与虚伪，终将带来绝望与毫无意义的生命，而真诚的将自我交托给他人，最终会收获希望与更优质的生活。

自欺欺人只会带来绝望与死亡，而真诚的对己对人，终将获得希望与新生。

真诚的友谊与引导可以带来希望与新生，而虚伪的友谊与引导最终导致绝望与死亡。

《**岁月惊涛**》　使废墟中萌生出美好。

《**第七天堂**》　与孩子维持恰当的亲密关系可以带来安宁与幸福，而不恰当的关系将会导致危机与不幸。

《**终结者 2**》　无私的爱带来生命，而仇恨导致死亡。

《**杀戮时刻**》　忠诚会为无辜的人与有罪的人同时带来公正；不公正的仇恨带来公正的死亡。

你的写作事业　征服恐惧，授予希望。

参考书目

Aesop. *Aesop's Fables*. Translated by G. F. Townsend. Available
through Project Gutenberg: *www.gutenberg.org/dirs/etext91/aesop11h.htm*.
(Original works written circa 650 B.C.)

Baehr, T. *The Media-Wise Family*.
Colorado Springs: Chariot Victor/Cook Communications, 1998.

Bonnett, James. *Stealing Fire from the Gods*.
Studio City, CA: Michael Wiese Productions, 1999.

Bunyan, John. *Bunyan's Pilgrim's Progress*.
1678. Reprint, Philadelphia: John C. Winston & Co., 1895.

Burch, R.W. *A Concise Introduction to Logic*. 3rd Edition.
Belmont, CA: Wadsworth, 1988.

Buzan, Tony. *Using Both Sides of Our Brain*.
New York: Penguin, 1991.

Campbell, Joseph. *The Hero with a Thousand Faces*.
1949. Reprint. Princeton, NJ: Princeton University Press, 2004.

Clancy, Tom. *Clear and Present Danger*.
New York: Berkley 1989.

Claxton, Guy. *Hare Brain Tortoise Mind: How Intelligence Increases When
You Think Less*. New York: HarperCollins, 1997.

Conroy, Pat. *The Prince of Tides*.
New York: Bantam, 1986.

Cooper, Dona. *Writing Great Screenplays for Film and TV*.
New York: ARCO Prentice Hall, 1994.

Covey, Stephen R. *The Seven Habits of Highly Effective People* (Fireside Edition). New York: Simon & Schuster, 1990.

Curran, S., et al. *Moviebuff*. Electronic database. Los Angeles: Brookfield Communications, 1996.

Damer, T. E. *Attacking Faulty Reasoning*. 3rd edition. Belmont, CA: Wadsworth, 1995.

Egri, Lajos. *The Art of Dramatic Writing*. 1946. Reprint, New York: Simon & Schuster, 1960.

Field, Syd. *Screenplay: The Foundations of Screenwriting*. 3rd edition. New York: Dell, 1994.

Fielding, Henry. *The History of Tom Jones*. 1747. Reprint, Oxford: Oxford, 1998.

Fielding, Henry. *Joseph Andrews*. 1742. Reprint, Mineola, NY: Dover, 2001.

Flesch, Rudolf. *The Art of Clear Thinking*. New York: Barnes and Noble/Harper & Row, 1973.

Franklin, Benjamin. *The Autobiography of Benjamin Franklin*. 1771. Reprint, Roslyn, NY: Walter J. Black, 1941.

Gardner, Martin. *aha! Insight*. New York: Scientific American/W H. Freeman, 1978.

Greeley, Andrew. *The Catholic Imagination*. Berkeley: University of California Press, 2000.

Halperin, J. "A Critical Introduction." *The Theory of the Novel: New Essays*. Edited by J. Halperin. New York: Oxford University Press, 1974.

Harrison, B. *Henry Fielding's Tom Jones: The Novelist as Moral Philosopher*. London: Sussex University, 1975.

Hauge, Michael. *Writing Screenplays that Sell*. New York: HarperCollins, 1991.

Horton, Andrew. *Writing the Character Centered Screenplay*.
Berkeley: University of California Press, 1994.

Hunter, Lew. *Screenwriting 434*.
New York: Perigee, 1993.

Hurlbut, J. L. *Story of the Bible*.
1904. Reprint, Grand Rapids: Zondervan, 1974.

Hutton, J. *Aristotle's Poetics*.
Translated by J. Hutton. New York: Norton, 1982.
(Original work written circa 330 BC).

Jonson, B. *The Alchemist*.
1610. Reprint, Woodbury: Barron's Educational Services, 1965.

McKee, Robert. *Story: Substance, Structure, Style, and the Principles of Screenwriting*. New York: HarperCollins, 1997.

Michener, James A. *Writer's Handbook*.
New York: Random House, 1992.

Milton, John. *The Complete Poetry of John Milton*.
Edited by J. Shawcross. Revised edition. Garden City, NY:
Anchor/Doubleday, 1971.

Osborn, Alex. *Applied Imagination*.
New York: Charles Scribner's Sons, 1979.

Plato. *Apology, Crito, Phaedo, Symposium, Republic*.
Translated by B. Jowett, edited by L. Loomis. Roslyn, NY: Walter J.
Black, 1942. (Original work written 380 BC – 370 BC)

Polti, G. *The Thirty-Six Dramatic Situations*.
Translated by L. Ray. 1921. Reprint, Boston: The Writer, 1977.

Ricoeur, Paul. *Time and Narrative*.
Translated by Kathleen McLaughlin and David Pellauer. Chicago:
University of Chicago Press, 1984.

Schatz, Thomas. *Hollywood Genres*.
New York: McGraw-Hill, 1981.

Seger, Linda. *Making a Good Script Great*. 2nd edition. Hollywood, CA: Samuel French, 1994.

Smith, Hyrum W. *The 10 Natural Laws of Successful Time and Life Management*. New York: Warner Books, 1994.

Tierno, Michael. *Aristotle's Poetics for Screenwriters*. New York: Hyperion, 2002.

Trottier, David. *The Screenwriter's Bible*. 3rd edition. Beverly Hills, CA: Silman-James, 1998.

Twyla Tharp. *The Creative Habit: Learn It and Use It for Life*. New York: Simon & Schuster, 2003.

Vogler, Christopher. *The Writer's Journey*. 2nd edition. Studio City, CA: Michael Wiese Productions, 1998.

参考片目 ①

《异形》（1979）。导演：雷德利·斯科特。编剧：丹·欧班农。二十世纪福克斯电影公司。（美版 DVD）

《美国美人》（1999）。导演：萨姆·门德斯。编剧：艾伦·鲍尔。梦工场。（美版 DVD）

《世界末日》（1998）。导演：迈克尔·贝。编剧：乔纳森·亨斯利、J.J. 艾布拉姆斯。CC 标准收藏。（美版 DVD）

《蝙蝠侠》（1989）。导演：蒂姆·伯顿。编剧：萨姆·哈姆、沃伦·斯科伦。华纳家庭娱乐。（美版 DVD）

《美丽心灵》（2001）。导演：朗·霍华德。编剧：阿基瓦·戈德斯曼（原著小说：西尔维娅·纳萨尔）。环球影业。（美版 DVD）。（版权：环球影业，2001）

《妙探出差》（1984）。导演：马丁·布莱斯特。编剧：达尼洛·巴赫、小丹尼尔·皮特里。派拉蒙家庭娱乐。（美版 DVD）

《勇敢的心》（1995）。导演：梅尔·吉布森。编剧：兰德尔·华莱士。派拉蒙家庭娱乐。（美版 DVD）。（版权：派拉蒙家庭娱乐，1995）

《早餐俱乐部》（1985）。导演：约翰·休斯。编剧：约翰·休斯。MCA / 环球影业。（美版 DVD）

《冒牌天神》（2003）。导演：汤姆·沙迪亚克。编剧：史蒂夫·科伦、

---

① 网络电影数据库（http://www.imdb.com）以及 DVD 标签。公司名称是美版 DVD 的发行方。

马克·奥基夫、史蒂夫·欧德科克。环球影业。（美版 DVD ）。（版权：环球影业，2003 ）

《疯狂高尔夫》（1980 ）。导演：哈罗德·雷米斯。编剧：布赖恩·多伊尔 – 默里、哈德罗·拉米斯、道格拉斯·肯尼。华纳家庭娱乐。（美版 DVD ）

《疯狂高尔夫 2》（1988 ）。导演：艾伦·阿库什。编剧：哈罗德·拉米斯、皮特·托罗科威。华纳兄弟。（美版 ）

《城市滑头》（1991 ）。导演：罗恩·安德伍德。编剧：洛厄尔·甘兹、巴巴罗·曼德尔。米高梅 / 联艺家庭娱乐。（美版 DVD ）

《城市滑头 2》（1994 ）。导演：保尔·韦兰。编剧：洛厄尔·甘兹、巴巴罗·曼德尔。华纳家庭娱乐。（美版 DVD ）

《燃眉追击》（1994 ）。导演：菲利普·诺伊斯。编剧：唐纳德·斯图尔特、史蒂文·泽里安、约翰·米利厄斯（原著小说：汤姆·克兰西）。派拉蒙家庭娱乐。（美版 DVD ）

《神探可伦坡》（1971—2003 电视剧 ）。制作：理查德·莱文森。环球电视。

《十诫》（1987 ）。导演：克里什托夫·基耶斯洛夫斯基。编剧：克里什沃夫·皮尔斯维奇、克里什托夫·基耶斯洛夫斯基。（版权：Telewizja Polska S.A. 1987—1988；Facets Multi-Media Inc. 2003 ）

《虎胆龙威》（1988 ）。导演：约翰·麦克蒂尔南。编剧：杰布·斯图尔特、史蒂文·E. 德苏扎［原著小说：罗德里克·索普，《诸事无常》（ *Nothing Lasts Forever* ）］。二十世纪福克斯电影公司。（美版 DVD ）。（版权：二十世纪福克斯家庭娱乐，1988 ）

《虎胆龙威 2》（1990 ）。导演：雷尼·哈林。编剧：史蒂文·E. 德苏扎、道格·理查德森［原著小说：沃尔特·韦杰，《58 分钟》（ *58 Minutes* ）］。二十世纪福克斯家庭娱乐。（美版 DVD ）

《肮脏的哈里》（1971）。导演：唐·希格尔。编剧：哈里·朱利安·芬克、丽塔·M.芬克、迪恩·里斯纳。华纳家庭娱乐。（美版 DVD）

《新岳父大人》（1991）。导演：查尔斯·谢尔。编剧：弗朗西丝·古德里奇、艾伯特·哈克特、南希·迈耶、查尔斯·谢尔。试金石家庭影视。（美版 DVD）

《新岳父大人 2》（1995）。导演：查尔斯·谢尔。编剧：弗朗西丝·古德里奇、艾伯特·哈克特、南希·迈耶、查尔斯·谢尔。博伟影业。（美版 DVD）

《海底总动员》（2003）。导演：安德鲁·斯坦顿、李·昂克里奇。编剧：安德鲁·斯坦顿、鲍勃·彼德森、大卫·雷诺兹。迪士尼动画。（美版 DVD）

《伴你高飞》（1996）。导演：卡罗尔·巴拉德。编剧：罗伯特·罗达、文斯·麦克文（改编自人物传记：比尔·里什曼）。哥伦比亚影业。（美版 DVD）

《惊爆银河系》（1999）。导演：迪恩·帕里索特。编剧：大卫·霍华德、罗伯特·戈登。梦工场家庭娱乐。（美版 DVD）

《极速 60 秒》（2000）。导演：多米尼克·塞纳。编剧：斯科特·罗森伯格。博伟影业。（美版 DVD）

《土拨鼠之日》（1993）。导演：哈罗德·雷米斯。编剧：丹尼·鲁宾、哈罗德·雷米斯。哥伦比亚 / 三星工作室。（美版 DVD）

《男人不易做》（1991—1999 电视剧）。创作：卡门·菲内斯特拉、大卫·麦克法迪恩、马特·威廉姆斯。ABC/ 博伟电视。

《飓风》（1999）。导演：诺曼·杰威森。编剧：阿尔米亚恩·伯恩斯坦、丹·戈登［原著书籍：鲁宾·"飓风"·卡特，《第 16 回合》（*The 16th Round*）；萨姆·柴顿、特里·斯温顿，《拉扎勒斯与飓风》（*Lazarus and the Hurricane*）]。试金石家庭影视。（美版 DVD）。（版权：环球家庭娱乐，2000）

《冰川时代》（2002）。导演：克里斯·伟奇、卡洛斯·沙尔丹哈。编剧：迈克尔·伯格、迈克尔·J.威尔森、皮特·阿克曼。二十世纪福克斯电影公司。（美版 DVD）

《意外边缘》（2001）。导演：托德·菲尔德。编剧：托德·菲尔德［故事：安德鲁·杜巴斯，《谋杀》（*The Killings*）]。博伟家庭影视。（美版 DVD）。（版权：米拉麦克斯影业，2001）

《超人总动员》（2004）。导演：布拉德·伯德。编剧：布拉德·伯德。博伟影视。（美版 DVD）。（版权：迪士尼 / 皮克斯，2005）

《大白鲨》（1975）。导演：史蒂文·斯皮尔伯格。编剧：彼得·本奇利、卡尔·戈特利布［原著小说：彼得·本奇利，《大白鲨》（*Jaws*）]。环球家庭娱乐。（美版 DVD）

《致命武器》（1987）。导演：理查德·唐纳。编剧：沙恩·布莱克。华纳家庭娱乐。（美版 DVD）

《致命武器 2》（1989）。导演：理查德·唐纳。编剧：沙恩·布莱克、沃伦·墨菲。华纳家庭娱乐。（美版 DVD）

《乞赎的灵魂》（2003）。导演：埃德·所罗门。编剧：埃德·所罗门。索尼经典影业。（美版 DVD）

《大话王》（1997）。导演：汤姆·沙迪亚克。编剧：保尔·瓜伊、史蒂芬·梅热。环球影业。（美版 DVD）。（版权：环球影业，1998）

《活死人少女》（2003）。导演：乔恩·斯普林杰。编剧：乔恩·斯普林杰。Cricket Film。

《真爱至上》（2003）。导演：理查德·柯蒂斯。编剧：理查德·柯蒂

斯。环球影业。（美版 DVD）

《拖家带口》（1987—1997 电视剧）。制作：罗恩·莱维特、迈克尔·G.莫伊。福克斯卫星电视、哥伦比亚三星家庭电视、索尼电视。

《火星人玩转地球》（1996）。导演：蒂姆·伯顿。编剧：乔纳森·詹姆斯。华纳家庭娱乐。（美版 DVD）

《活死人之夜》（1968）。导演：乔治·A.罗梅罗。编剧：约翰·A.拉索、乔治·A.罗梅罗。精英娱乐及其他。（美版 DVD）

《一九八四》（1984）。导演：迈克尔·莱德福。编剧：迈克尔·莱德福（原著小说：乔治·奥威尔）。米高梅家庭娱乐。

《军官与绅士》（1982）。导演：泰勒·海克福德。编剧：道格拉斯·戴·斯图尔特。派拉蒙影业。（美版 DVD）。（版权：派拉蒙影业，2000）

《颤栗汪洋》（2003）。导演：克里斯·肯蒂斯。编剧：克里斯·肯蒂斯。狮门电影公司。（美版 DVD）

《政治错误》（1994—2002 电视）。主持人：比尔·马厄。喜剧中心&ABC 电视台。

《岁月惊涛》（1991）。导演：巴尔布拉·斯特赖桑德。编剧：帕特·康罗伊、贝姬·约翰斯顿（原著小说：帕特·康罗伊）。哥伦比亚影业。

《野风》（1942）。导演：西席·地密尔。编剧：艾伦·勒梅、查尔斯·本内特、小杰西·拉斯基。环球家庭娱乐。（美版 DVD）

《午夜凶铃》（2002）。导演：戈尔·维宾斯基。编剧：艾仁·克鲁格[原著小说：铃木光司，《午夜凶铃》（Ringu）]。梦工场发行。（美版 DVD）

《辛德勒的名单》（1993）。导演：史蒂文·斯皮尔伯格。编剧：史蒂文·泽里安（改编书籍：托马斯·基尼利）。MCA/ 环球家庭娱乐。（美版 DVD）

《宋飞正传》（1990—1998 电视剧）。制作：拉里·大卫、杰瑞·宋飞。NBC 电视台。

《第七天堂》（1996 至今，电视剧）。制作：布伦达·汉普顿。WB 电视公司。

《怪物史莱克》（2001）。导演：安德鲁·亚当森、维基·詹森。编剧：泰德·艾略特、特里·鲁西奥、乔·斯蒂尔曼、罗杰·S. H. 舒勒曼（改编书籍：威廉·斯泰格）。梦工场家庭娱乐。（美版 DVD）

《终结者》（1984）。导演：詹姆斯·卡梅隆。编剧：詹姆斯·卡梅隆、盖尔·安妮·赫德［改编自：哈伦·埃里森，《战士，一个玻璃手的恶魔》（ *Soldier, Dewwn with a Glass Hand* ）］。米高梅家庭娱乐。（美版 DVD）

《终结者 2：审判日》（1991）。导演：詹姆斯·卡梅隆。编剧：詹姆斯·卡梅隆、小威廉·威舍。艺匠家庭娱乐。（美版 DVD）。（版权：艺匠家庭娱乐，1991）

《我为玛丽狂》（1998）。导演：鲍比·法拉利、彼得·法拉利。编剧：埃德·德克特、约翰·J. 斯特劳斯、鲍比·法拉利、彼得·法拉利。二十世纪福克斯电影公司。（美版 DVD）

《杀戮时刻》（1996）。导演：乔·舒马赫。编剧：阿基瓦·戈德斯曼（原著小说：约翰·格里什曼）。华纳家庭娱乐。（美版 DVD）

《窈窕淑男》（1982）。导演：西德尼·波拉克。编剧：拉里·格尔巴特。哥伦比亚三星。（美版 DVD）

《天使在人间》（1994—2003 电视剧）。创作者：约翰·马修斯、玛莎·威廉姆森。CBS 电视。

《当哈利遇到莎莉》（1989）。导演：罗伯·莱纳。编剧：诺拉·艾芙隆。米高梅 / 联艺家庭娱乐。（美版 DVD）

出版后记

如今，市面上关于电影剧作法的书籍不一而足，其中不乏罗伯特·麦基、悉德·菲尔德等一众殿堂级大师的著作。也许你书架的大部分空间，都已被诸如《故事》《电影编剧创作指南》等被读者奉为经典读本的书籍所占据，也许你对于"三幕式"戏剧结构的建置方法已经如数家珍，但当你真正在创作剧本时，是否仍然会对故事中的角色设置和事件安排产生诸多的疑问。为什么我的人物总是停留在原地？为什么次要角色与他没有互动？为什么情节总显得和人物没有太大瓜葛？为什么？……正是这样的一些问题，让你的剧本创作过程变得越来越艰辛。

在反复的挣扎中，你逐渐会意识到，一个优秀的故事往往并不是依靠无懈可击的结构来触动观众的，大多数情况下，是那些隐藏在表象下的故事内核激发了观众的情感。从古至今，任何一个优秀的故事讲述者都曾明白，想要让故事能吸引听众的注意力，让大众对故事产生共鸣，必须要赋予故事一个明确的价值观主题，也就是本书中提出的"道德前提"。

但是，到底要如何在故事里植入能引起广泛共鸣的道德前提，以及怎样让这个道德前提，在其中推动人物性格的转变和情节的发展呢？

《口碑与票房》这本书的问世，将会为每一个正在创作，或是即将投身创作的人，提供一个好向导。它从故事创作的源头入手分析，牢牢捉住了剧作问题的本质。一旦你掌握了这样一条至关重要的真理，你在创作时遇到的难题便能迎刃而解。

每年都会有一些电影为我们留下深刻印象，其中既有备受评论界赞誉的艺术佳作，也有夺取当年票房冠军的巨资大片。《水形物语》中为了营救鱼男与反派斗智斗勇，凭善良细腻之心收获真爱的平凡哑女；《三块广告牌》里为了给亡女讨公道而四方游走，化身现代牛仔上演复仇故事却又进发人性光辉的悲情母亲；《寻梦环游记》中被封锁在冥界寂寂度日，穿越时空瀚海只想再唱一曲《记得我》的抱憾老爹。每一个成功的故事，每一个独特的角色，都是在各自道德前提的轨迹之上构建成形的，或许现实生活中我们没有遇到这样的人，或许他们做的事我们这一生都不会碰到，但是这些故事角色身上散发的普世道德观念早已深入人心。

优秀的故事都蕴藏着某种魔力，它们会跃出银幕，穿过黑暗的影院，直击我们的心灵深处。身为一个故事讲述者，能为观众做到的最高尚之事莫过于此。如果有幸，你翻开了这本书，或许你将能参透创作的奥妙。

本书曾以《故事的道德前提》为名刊行过，此次再版，我们主要对内容做了修订，同时调整了版式，以更方便阅读。若在阅读中有有发现任何编校的疏漏之处，也欢迎您批评指正。

服务热线：133-6631-2326 139-1140-1220
服务信箱：reader@hinabook.com

"电影学院"编辑部
拍电影网（www.pmovie.com）
后浪出版公司
2018 年 11 月

图书在版编目（CIP）数据

口碑与票房：卖座故事的道德前提 /（美）斯坦利
·D. 威廉斯著；何珊珊译 . —— 成都：四川文艺出版社，
2019.1

ISBN 978-7-5411-5181-1

Ⅰ . ①口… Ⅱ . ①斯… ②何… Ⅲ . ①电影剧本—创
作方法 Ⅳ . ① I053.5

中国版本图书馆 CIP 数据核字 (2018) 第 243871 号

THE MORAL PREMISE: HARNESSING VIRTUE & VICE FOR BOX OFFICE SUCCESS by STANLEY D.
WILLIAMS, PH. D.

© 2006 Stanley D. Williams

This edition arranged with MICHAEL WIESE PRODUCTIONS through Big Apple Agency, INC., Labuan,
Malaysia.

Simplified Chinese edition copyright 2019 POST WAVE PUBLISHING CONSULTING（Beijing）Ltd.
All rights reserved.

本中文简体版版权归属于后浪出版咨询(北京)有限责任公司。
版权登记号 图进字：21-2018-508

KOUBEI YU PIAOFANG: MAIZUO GUSHI DE DAODE QIANTI

口碑与票房：卖座故事的道德前提

［美］斯坦利·D. 威廉斯 著

何珊珊 译

选题策划	后浪出版公司
出版统筹	吴兴元
编辑统筹	陈草心
责任编辑	邓 敏
特约编辑	张森劼 赵丽娜
责任校对	汪 平
装帧制造	墨白空间·范靖怡
营销推广	ONEBOOK

出版发行	四川文艺出版社（成都市槐树街 2 号）
网 址	www.scwys.com
电 话	028-86259287（发行部） 028-86259303（编辑部）
传 真	028-86259306
邮购地址	成都市槐树街 2 号四川文艺出版社邮购部 610031
印 刷	北京天宇万达印刷有限公司
成品尺寸	165mm×230mm 1/16
印 张	13.5 字 数 210 千字
版 次	2019 年 1 月第一版 印 次 2019 年 1 月第一次印刷
书 号	ISBN 978-7-5411-5181-1
定 价	45.00 元

拍电影网
www.pmovie.com

后浪出版公司旗下，集专业资讯、教育培训、互动服务于一体的电影类专业门户网站，内容覆盖影视制作全流程，致力于打造一站式电影学习交流平台。

线下培训 edu.pmovie.com

始于2013年，开设导演、编剧、摄影、制片、表演等各门类的班型，创立了短片集训营、剧本写作课、纪录片创作、大师工作坊等独具特色的精品课程。

基础班型 七天速成课程，每年各四期

特色班型 独家原创课程，每年各两期

报名咨询

客服QQ：1323616494
手机/微信：18801468255

客服手机:
18801468255

拍电影网

编剧圈

合作联络

合作邮箱：biz@pmovie.com
投稿邮箱：tougao@pmovie.com

扫码咨询课程

电影摄影师

演员圈

在线慕课 mooc.pmovie.com

创办于2014年，最早开拓影视在线教育的社区型教学平台。开发了在线课程，公开课，直播课，训练营，在线题库，在线讨论等产品，提供高品质的在线课程及教学服务。

更多精品内容开发中……

学员：突破时空界限，让每个人都能拥有学习电影的机会
师资：传播最前沿影视知识，优秀课程由后浪免费出版
欢迎各影视专业老师，与我们携手打造最专业、最系统的网络电影课堂。

后浪电影播客

由后浪电影学院与拍电影网共同打造的音频节目，这里不仅有电影基础知识普及，还有电影行业的幕后揭秘。邀请业内达人与学界大咖轮番发声，帮助大家认识电影，走进不一样的光影世界。

这里是一个交流情感与思想的"空中剧场"，依托于"后浪剧场"系列图书，一方面放眼国际，引介斯坦尼、波列斯拉夫斯基和铃木忠志等表演、戏剧大咖的精辟观点；另一方面着眼国内，邀业内人士和研究学者一起关注时下的各种影视戏剧表演现象。

电影书店

后浪电影学院新书抢先预售
珍贵签名图书独家购买渠道
精美电影周边礼品随机赠送
打造移动端最好的电影专业书店
最方便快捷，手机扫一扫即可购买

商城移动端

商城PC端

表演艺术培训

人人都可以做演员，每个人身上都藏着一座丰富的矿藏，等着被发掘和开采。

——格洛托夫斯基，二十世纪戏剧大师

演员的艺术是教不了的，他生来就得拥有才能；但是，把他的才能突显出来的技术是可以教的，并且，非经教授不可。

——波列斯拉夫斯基，《演技六讲》作者

演技是可以培养且必须培养的，如果你想要开发自己的潜能，磨练演技，请关注由后浪剧场与拍电影网为您精心打造的表演艺术培训班。

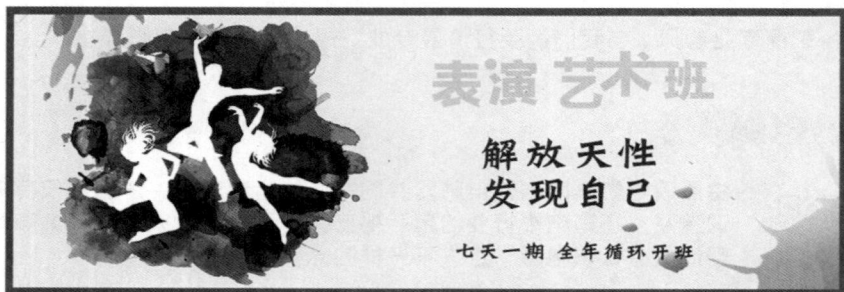

基础课堂

教学内容：了解表演艺术的元素与基本技巧，探索身体潜能，增强信念感，提高肢体的表现力，发展动作性想象思维，开拓作为"人"的内外部素质。

师资介绍：来自中戏、北电表演专业；有丰富剧组经验的职业演员。

进阶课堂

教学内容：采用理论讲述、实践训练、现场拍摄、回放讲评等多种教学方法，让演员突破自身的表演瓶颈，掌握实用的表演技巧，提高表演技能。

导师介绍：李浩，戏剧导演、表演指导；北京电影学院表演学院教师。

【演员圈】
微信群

经验分享 创作交流
扫码加友 申请入群

表演是关于人的学问，
无论你是谁，
无论你为何而来，
只要投入进来，
都会发现更开阔也更好玩的世界！